家在心灵故乡

贺永强　著

湖南大学出版社·长沙

图书在版编目（CIP）数据

家在心灵故乡 / 贺永强著.—长沙：湖南大学出版社，2021.1

ISBN 978-7-5667-2148-8

Ⅰ.①家…　Ⅱ.①贺…　Ⅲ.①诗集—中国—当代　Ⅳ.①I227

中国版本图书馆CIP数据核字（2021）第014240号

家在心灵故乡
Jia Zai Xinling Guxiang

著　　者：贺永强

责任编辑：邹　彬

印　　装：湖南省众鑫印务有限公司

开　　本：787 mm×1092 mm　1/32　　印张：12.625　字数：204千

版　　次：2021年1月第1版　　印次：2021年1月第1次印刷

书　　号：ISBN 978-7-5667-2148-8

定　　价：58.00元

出 版 人：李文邦

出版发行：湖南大学出版社

社　　址：湖南·长沙·岳麓山　　邮编：410082

电　　话：0731-88822559（营销部）　　88821251（编辑部）
　　　　　　88821006（出版部）

传　　真：0731-88822264（总编室）

网　　址：http://www.hnupress.com

因为出发

所以归来

我已经抵达

但将永远在路上

作者像

心灵故乡诉感恩

——归来之声

感恩，是一首主题歌。悠扬的旋律，萦绕于我出发的脚步；雄浑的节拍，敲击在我归来的心腔。诗与远方，情与故乡，主题歌如泣如诉，如梦如幻，曼妙空灵。

去冬今春回到故乡，我在满山枫叶的岳麓山中和漫江碧透的湘江河岸凝神远眺，不禁感慨万千。山，宽厚仁慈，仍在那里；水，逝者如斯，不复返矣。我，却回来了，这片神圣而亲切的家园把我接纳。

我感恩母校和母校的师长。久违的学府，很亲很新很好。我的"回炉再造"，得到热心支持，这片神奇的土地，令我心生感激和敬仰，让我有种急切回报的冲动。

"却顾所来径，苍苍横翠微。" 20年前，我曾在这里攻读博士学位，"意气书生"的模样仍清晰可见。而今我畅想着回到从前的光景：在爱晚亭携三四好友赏红叶，在清风徐徐中聆听阵阵麓山寺钟鼓声……这一山一水对我的启迪，可谓山高水长，一以贯之。

我感恩故乡和故乡的亲人。从岳麓山沿着枫林一路往西不过40公里，有个恬美如画的乡村——宁乡煤炭坝贺石桥。这里早些年以盛产煤炭闻名，村中有一座并不打眼的石桥，桥下的河水日夜流淌。1973年我出生在这里，家境如大多数人家一样贫寒，但我从来不缺快乐与幸福。顽强奋斗的父亲、勤劳善良的母亲，他们都具有远见卓识，千辛万苦供我读书，让我走出偏僻乡村到外面去闯荡，放飞梦想并看世界。我先后就读于新联小学、贺石桥中学和宁乡十三中学。在中小学阶段展现的文学特长，使我幸运地被吉林大学免试特招。尽管特招过程中遭遇坎坷，但《长沙晚报》的一篇采访报道使我的难题迎刃而解。我从中看到了媒体的力量，立志在大学毕业后成为一名记者以图帮助他人回报社会。当我果然有机会在中央媒体工作时，便下定决心做一个"时代的记录者""人民的代言人"，并为之全力以赴。至于其间以时政记者身份随同中央领导在国内外采访报道并访问过上百个国家，使我眼界大开，则纯属单位和师长的垂青。而后来因为机缘，我转行到行政岗位工作，历任国家机关处长、副市长、副厅长、省委宣传部副部长、省政府新闻办主任、省委外宣办主任、省委网信办主任、中央机关局长等职，年纪轻轻就走上重要领导岗位，则完全是组织和领导培养的结果。这些多岗位锻炼的机会，让我不仅学到了很多做人处事的知识与方法，且拥有平台和抓手去为群众服务，实现自己报效百姓的宏愿。在生活与工作的行进中，写作一直是我记录情感、呈现内心的方式，忙里偷闲中一直在坚持着。这些年，我陆续发表诗文数千篇，出版作品集十余本。

我深知，这次归来的目的地——心灵故乡，亦虚亦实，如水一般浩淼，如山一般伟岸。周其凤先生的诗句"痴翁迷进退，慧鸟乐徘徊"，让我从中获得动力。我虽不是慧鸟，但有"倦飞知还"的清醒。我出发已久，姗姗迟归。幸运的是，故土的浑厚滋养、亲朋的携程助力，使我的"返本归元"具有了特殊的情趣和真义，使我对追梦与还乡过程有了深刻的认知，使我得以有机会站在历史和时间的高度做自己的主人，使我有信心全面整理过去，重新放眼未来。

家在故里，家在内心。满足和回应心灵的呼唤，是一个追梦者对人生不应回避的责任。山水故乡、心灵故乡，是挑在肩膀上的担子，一头牵扯过去，一头关乎未来。

我怀揣一颗感恩的心，回到心灵故乡，有感而发，适时在手机上记下诗行，表述我这一段特殊归程中对人生与命运、个人与时代、尘世与心灵的一些思考。对于这些诗，我几乎没有作过修改，为的是想真实地呈现那一刻的"生活现状"与情感认知。从去年到今年，从一个春天到又一个春天，一共写了一百多首，然后就没有再写了。今天结集出版，使我的知与行，固化成书，立此存照：与心灵故乡不再分离。

拥抱故乡，太阳每天都是新的，她将更加明媚地照亮诗歌与人生。家，心灵故乡，不仅仅是归宿，更是一个起点。

我已经抵达，但将永远在路上！在心灵故乡，在通往心灵故乡的路上，感恩的倾诉，遇见最美的风景。我感恩去路归途中所有给予我支持关心的人，用诗歌向他们致敬祝福！

在心灵故乡诉说感恩，让我回眸来路，打望新程，更加清晰地目睹这片时代的天空。感恩，是进行曲，气冲牛斗，乐观昂扬！

2021年1月1日写于岳麓山白鹤泉

真情趣里见归人

　　诗人离开生于斯长于斯的家乡，在异乡的回眸中，家乡才能成为故乡。海德格尔曾说："一切艺术就本质而言都是诗"，"诗人的天职就是怀乡"。诗在异乡漂泊，家在心灵故乡。

　　漂泊的游子永强常常会回到老家，家是他的惦记。湘江边，沩江畔，岳麓山下，四脚山中，顿时亲情友情乡情洋溢。田园茶酒飘香，情至深处，一时醉倒多少豪杰。

　　永强是我上世纪八九十年代的校园诗歌兄弟，我们都是非常幸运的文学少年，因文学特长先后被大学破格录取，我进了武汉大学，他进了吉林大学。后来，我依然坚守文学阵地，而他仕途浩荡，工作频繁地调动，在异乡各地漂泊……

如今，他要结束漂泊，带着独有的清醒和智慧，回来了。诗歌铺就回归的道路，目的地——心灵故乡！这不禁使我联想起唐代大诗人刘长卿据说是写于永强家乡湘中宁乡芙蓉山的千古绝唱：柴门闻犬吠，风雪夜归人！

永强是归来者诗人。我注目这位熟悉而又陌生的归人，久别重逢，百感交集；相见时难，顿悟层生。

永强是谁？面前的他已经不仅仅是原来的他。

永强从哪里来？这些年他的经历令人遐想。

永强要去向何方？从今天起他彻底回家，并把家安放在心灵故乡。

此刻，我想起了永强关于酒的酒后之言。"为什么喝酒？"他脸红脖子粗自问自答："因为酒在那里！"他又补充道："世事无绝对，唯有真情趣。"这使我联系起近来他写的这些诗、联系起今天他作出的选择。

"为什么归来？"我循着永强的目光，看到了真切的答案：盖因酒在那里！诗在那里！家在那里！

我明白，永强的这一次回来，与以往任何一次都完全不同。他听从内心的召唤、服从内心的安排、遵循内心的驱动、响应内心的玄机，在心灵故乡安营扎寨，为自己、为亲人、为知音而静心守望。守望是等待的另一种表达，归来酝酿着下一次出发。曾先后担任吉林大学和北京大学校长的周其凤先生为他题匾"返本归元"、"倦飞知还"，使我内心受到强烈的震撼。我深知，这颗漂泊而归的心灵承载了高洁的志趣。我又想，返回根本回到原点，需要具备哪些条件？比如勇气、担当、胸怀、格局。阳光照亮他的发梢，他笑着说，没有那么复杂，只需一份适时到来的真情趣。真情趣其实早就在、一直在，只是常常被繁芜和喧嚣覆盖了；而此时，就似瓜熟蒂落、水到渠成，亦如花开无声、雪落隐痕。

我知道他在用简单的言语描述复杂的哲学人生。人生何其孤独而短暂。悲欢离合主题下，漫长悲剧中点缀的那丁点笑料，足以让人们前赴后继，在理想和梦的名义下奋不顾身追寻，奔向时光深处常常万劫不复。永强不同，他回来了，依然风采翩翩，更多淡然舒展。他波澜不惊洒下诗篇，那是他在去路上、归途中留下的身影。诗歌一直是他行进的翅膀，这双翅膀，见识了峥嵘风景，经历了烟云沉浮，体会了斗转星移，品阅了世态人心，牵动了千思万绪。他用最具情怀的表达，让我们感到其中弥漫的真心真情真趣，是如此恰当和应点。

我们欢迎他的归来。他返回的方式、方法和方向，如此"引人入胜"。

我们需要他的归来。去年的冬天如此漫长，今年的春天乍暖还寒。"风雪夜归人"，伟大诗人与不朽诗篇，响应时空的召唤，快马兼程殊途同归，传递了温暖与力量。

我们祝贺他的归来。他早已在冬天寻找到春天的入口，怀抱秘笈一路飞奔，呈现给我们一个果敢利落、伟岸绝伦的转身。

我们响应他的归来。那一份笃定与洒脱、乐观与坚持，在冰融雪化的故乡大地上熠熠生辉。其时，无论是正跋山涉水、爬坡过坳抑或沧桑历阅、千帆渡尽的人们，无不纷纷凝神注目。只见：诗歌映照人间公道、正义、良知，就在昨天、今天、明天，金色种子相继萌芽、开花、结果，一切真诚、善良、美好，都将在由时间写成的历史中长驻，穿越时空成为永恒。这，使人们有理由得出判断：永强归来时携带给我们的真情趣，将普遍感染这个时节，将深刻影响置身于这个时节的所有人。公元2020年，我有幸见证了他亲切深沉、通透云天的告白：归去来兮，家在心灵故乡！

此刻，湘江静水深流，麓山新叶葱茏。真情趣里见归人，正是美妙时光。

邱华栋：著名作家、诗人、评论家，现任中国作家协会书记处书记。

目　录

一　　　看一颗潮湿的头行进在风中

002　秋风中的一片叶子

006　我唱过的一首老歌

010　早上六点半的茅台

013　每当我经过菜市口

019　看一排排大山

021　高原上的翅膀与眼睛

023　在秋风秋雨中交织穿行

026　太阳照在北回归线

029　寻访煤矿沉陷区的一株古树

033　结冰的叶子

035　　孤独向前

037　　生活

二　　从心脏源头流淌出的外流河

040　　这个夏天火热的生活

044　　今夜的月亮

047　　寻找想要的生活

051　　高远的高原

062　　在秋天的墙角面对一片荷叶

065　　理想延续的人生

067　　请不要在写诗的时候打搅我

070　　最后一片树林

073　　我一天经历24个节气

076　　今夜我独守整个天空

080　　昨夜我做了几十个梦

083　　享受孤独

三　　家园在时光和视线的拐弯处

086　早起劳动

089　雨中的田土

092　"双抢"日记

098　杉树原封不动

102　有一扇柴门为我打开

105　朝阳下的禾线子

107　我是宁乡的

115　煤炭坝：煤炭、坝及其他

118　石桥下的群英河

123　记得一个叫永义的兄弟

128　盯紧那一片红色的叶子

132　看到

四　　把爱的篱笆插遍心灵故乡

136　一朵浪花浮出水面

139　眺望一个叫三元塘的地方

148　陪娘老子去赶集

151　致敬远去的雁阵

154　头顶上的白开水

156　向生活学习

160　向阳的脸

162　桂花突然绽放

164　我行进在层峦叠嶂的水稻中央

168　做牛的父亲

174　歌颂高原江上的风

176　鸟儿把我唱醒

五　　有一双迟归的脚步因你停留

180　正点的高铁

185　谢谢你递过来的一双手

187　最高刻度的阳光

192　看到阳光撑起一片天空

194　第一时间的拉萨

196　致山南

197　河水走在我的前头

200　漂洋过海追随你

205　捡到一封老去的书信

208　菊花从天空坠落

213　外甥从海外归来

216　沛公

220　真不知道该怎么安慰你

六　已经抵达但将永远在路上

226　昨夜我走出水泥钢筋森林

231　崇拜一座山

235　追随一只鸟

240　找到

242　我驻扎在一首诗的中央

244　微笑之间

248   成长

249   在回家的路口等你

251   向一滴水致敬

255   月亮来到头顶

258   过着与伟大诗人相同的生活

261   信心

262   天马上就亮

七   在春天的入口处守望

266   心情

268   对比

271   寻找春天的入口

278   自主呼吸

281   预言

285   春天在哪里安放

286   六月一日的光线

289   早晨的琥珀

293   向上生长的叶子

295   灯光下的熏蚊草

296   致敬时间

301   一百八十度的目光

305   人生

306   今天适合扮禾

309   与你风一样擦肩而过

311   裂缝

八   当第一束光照进尾声与序曲之间

314   起程春天

318   陪妻子去看银杏叶

322   梦魇

324   风声

327   搭在心脏中央的戏台

333   丰收的菜园及其他

338   我有让人放心的智慧

340 寻找温暖

344 我仰望，高原上的高峰

348 发现江河的奥秘

353 汨罗江，浪花中的故事会

356 从汨罗江出发归来

360 第一场雪的光芒

361 新年好

363 诗评 不是漂泊天涯，就是回到故乡

372 诗评 来自心灵故乡的深沉呐喊

380 跋　吾谁与归

一

看一颗潮湿的头

行进在风中

秋风中的一片叶子

一片叶子

从枝条的柄把上脱落

随即在波纹里

向下舒展

镀金的边

像我经世致用的手绢

她恰如其分

来到我的掌心

这秋天的魂魄

四散的血脉

在一个季节的接口处

因为秋风

与我相逢

秋风里传递远方的回忆

共诉的衷肠刻骨铭心

叶子的前世今生

有花有果实

鲜嫩触及灵魂

我目睹这片叶子

城府颇深

潜伏的枝上站着宿命

尽管刻意地回避

却没能成功逃离

记得早些时辰

这片叶子

烁烁其明

让明亮的天空

似积木层层上升

她曾让我的思想分裂

甚至瞠目结舌

在天旋地转中仰望的叶子

阳光与朝露充盈的叶子

风姿绰约

望穿时空

跋山涉水在摇曳中归来

走过了两季的距离

无法联系的场景

不能追述的青春

秋风逼迫我观察的叶子

像绝望的姻缘

而现实比这还要惨痛

暴风雪就要来临

枯萎的血管与神经

向我的掌心靠近

这一片老去的身心

像沙滩上的蚌壳

守候着曾经风靡一时

现在积劳成疾的剪影

我从这片叶子引申

踱步整个天空

在层林尽染里飞翔

秋风像一束追光

在不停扫荡

天凉了

隐约的黄昏

多少叶子

早经风霜

草木几度秋凉

愤怒的诗人出口成章

我唱过的一首老歌

母亲早年一直对我说

到哪个山上唱哪首歌

我唱着她教会的歌　那些年

走过家门口的四脚山

走过远方的岳麓山

走过湘江长江

走过浏阳河黄河

我怀揣着理想

和青春的武器

一路走过江河和山岗

远离了家乡的山包

淡忘了故乡的人事

闻到北方小麦大麦和玉米的芬芳

像摩天轮旋转的水泥森林

像天空朵朵膨胀的云

我葵花般的内心

追随太阳

试图铺开万丈霞光

我爬上匍匐前进的列车

看到对面开过来的另一列

冲击了端坐异土的怀念

像未婚初孕的产妇

满脸潮红中乱了分寸

麦芒刺疼了我的眼

包谷棒子敲打了我的脸

水泥森林围困了我的身体

这些北方和城市的作物

盛开在我干涸开裂的心腔

在陌生的土地上耕种

开始水土不服

后来逐渐凋零

我贫病交加回到故里

一首歌为我守候

幼小的孩子

牵着年迈的母亲

他们成为潜伏的锣鼓

叩击了墙角的光阴

血脉还在流淌

这一波连着下一波

我枕着轻微的波涛

努力让自己保持平衡

我与心的距离

迷雾重重

她已成为我今生最大的敌人

在镜子前短兵相见

看到自己老去的容颜

世事高不可攀又不堪一击

像萤火虫余光闪闪

我安静得一往情深

想像当年捉泥鳅一样

洗山一样

捡禾线子一样

偶有收获就喜不自胜

我不禁叹息

现在怎么这样难得开心

今天开始

把回忆留给自己

把旋律交还母亲

不懂事的孩子

撕扯一代又一代人的皇历

我下定决心

放过自己

绕过四脚山

走过八月的田塍

单季稻

平静地生长

时间内外

浅浅的稻花

与霞光一道铺开

放牛归来

听到古老的歌声

花开花谢

没有停歇

早上六点半的茅台

天下熙熙攘攘

一河红色的水奔跑

谁的血液

如此不计成本地流淌

是山色夹击了堤岸

收拾的躯体

被高高挂起

我在弥漫着欲望的地方

寻找方向

寻找记忆

寻找灵魂的摆渡

没有人注意我

我已经记不清自己

记不清自己的面目

和来时的路

至少是三千年明月

才可能换一壶浊酒

这样的交易

总是顾此失彼

失控的工艺与程序

像滚动的风雷

在折腾中渐次颠覆

在发酵中逐步迷茫

我是路人甲

一粒赶路的种子

无意羽化成精

跌落在身份之外与你融为一体

芸芸众生里的卑微与渺小

让你忘记了我

让我假装看不见你

我们在记忆的深处

彼此相忘　漠不关心

相见又离开

你的印迹显得突出和清晰

我选择了淡出

用另外一种方式

匆忙奔走

像只迎风落泪的狼

隐忍住悲伤

在梦醒时分

理智燃烧了脂肪

爱过的人都纷纷离去

他们弹出一道道弧线

在梦想与现实中翻飞

显得高贵无比

六点半的茅台

世人清醒得让我颤抖

一河的心事

见证水　在降低刻度

目睹水　在流去

看见水　在火焰上被烧开

我的伤口终究决了堤

不知道谁

还在放肆撒盐

每当我经过菜市口

我总是一早一晚经过那里

月亮从圆到缺

太阳从头上跌落脚下

这些普遍规律

让我倍感珍惜

仿若见证了时间和历史

虽然只是匆匆而过

都不会忘记屏息注目

我更多地审视

看时光开放闭合　　然后

像一个哲人一样开始诅咒

像一个法官一般凌空判决

我独立在自己的窗口

翻动历史的书本
看时光开放闭合

我看到纵向的戏台上
横向的人群粉墨登场
特定的气候情节
旨意不容改变
萌芽的嫩尖和遒劲的枝干
悄悄被碾压
车轮滚滚向前
无情书写的恩怨仇恨
从线装书的封面
一直延伸到封底
竖起来的每个字
都是一张呐喊的脸

我置身在时间的平面
四周的深渊
让我倒抽一口凉气
我不为自己害怕

只为这气候和冷漠伤神

没有人打探路在哪里

没有人热衷指点迷津

活在自己的熙熙攘攘中

脚步匆匆

戴着虚伪的面装

一本斯文

一本正经

仰望大地天空

人群蚂蚁一样纷争

潮水涌进退去

公元1898年9月24日

那一天圣明的慈禧

把离经叛道的谭嗣同押到这里

买菜的　卖菜的

成千上万的蚂蚁

站成戏剧的见证人

发出山呼海啸的怒号

他们同仇敌忾

石头和唾沫星子慷慨出击

加上他们省吃俭用的鸡蛋西红柿

那个想唤醒人的人

那个想拯救人的人

那个以身殉变法而不愿逃命的湖南骡子

脚跪下去

头被砍下来

如愿流下了第一滴血

浏阳会馆

离刑场菜市口几百米

是生死的距离

是他再也回不去的家门

那里有他年轻的妻子李闰

立刻成了新的寡妇

他对她说

"我老了

把我的故事传给子孙"

她对他说

"你才33岁

你忘了你没有子女后代"

1500 公里外的故乡浏阳城

和我毗邻

我看到那些熟悉的乡里乡亲

竖起耳朵听到了这段对话

他们坚定站在皇恩浩荡一边

当以前家乡的骄傲成为被处决的罪犯

他们无比痛恨

人人愤怒　为之耻辱

像是被掘了祖坟

而官至巡抚的谭继洵

受牵连被罢官抑郁而死的父亲

当众写下挽歌

谣风遍万国九州，无非是骂

昭雪在千秋百世，不得而知

父亲的绝对哀伤和渺茫希望

我也只是在121年后才读懂

其中的无奈深沉

这些目睹的故事

早就翻了篇

像落叶秋风

面目全无然后面目全非

我重申的细节

也逐渐被遗忘

历史是时间写的

又常常被时间掩埋

这倒是让我记住了菜市口

我经常经过那里

主要是接送儿子上学

儿子是我的希望与信心

我会不厌其烦告诉他

月亮有圆有缺

太阳落了又升

我还告诉他

这些课本中省略的事实和经验

盼着他在人生里

将历史还原

看一排排大山

我飞翔了几个时辰

雪山依然

最高的山峰

最深的峡谷

在我的目光之下

只是宽广皱纹里的蛛丝马迹

看到路延伸

看到风吹拂

雪凝固终年

山顶的落差

跌落在阳光的掌心

确信真有神灵

在我的目光不能转弯的地方驻留

这些山川

每个灵魂充满魅力

山在云之上

凝视几亿年的波涛

一排排巨浪惊天

看到自己的渺小

和无力

回顾展望

雪把我灼伤

上午向阴

下午向阳

晚上回光返照

我还能再活50年

陪母亲养老

为神仙送终

高原上的翅膀与眼睛

翅膀在急速挺进

穿越云层

十月的高原上空

我铺开万米多宽的纸写诗

歌颂友谊

赞美真情

怀念从前

惦记理想和善良

听从风的召唤

泪水流出来又被吹干

翅膀在轰鸣中开道

引领螺旋上升的光明

目睹了故事的发展发生

经幡在延展

隐秘追随

现实的天空

复杂的事物变得简单透亮

从此只着眼天空的蔚蓝

眷顾蔚蓝下纯净的雪花

圣洁的思想一经诞生

伟岸的胸襟便辽阔无垠

崛起的诗群

上高原探亲

汇集了宝贵的深情

循着翅膀投射的身影

翻山越岭

肩挑手提

携一叠厚重的诗歌

相向而行

在秋风秋雨中交织穿行

顺着时间的方向

代表着归乡的角度

缠绵的清欢

孤独的情缘

把留连粘贴在心间

母亲的炊烟

扶摇而上

柔软的光线

穿透了家园

奇迹一再发生

比方一树桂花从天而降

坠落在我的发梢

我与花瓣一起开放

斜对面走过来的生活

横过来竖过去自由穿梭

步伐坚实

湿润脸上的风尘

铅华洗净

我看得真切

故事深刻

渗透脸部的器官和血

穿蓑衣　戴斗笠

多边的细节

把形象塑造得挺拔

抖落的尘埃和水

串联这一季

溅起的每一粒

都硕果仅存

我如此爱怜

心不会枯萎

今冬明春

叶子吐故纳新
覆水不再难收
一切都会卷土重来

想象着在风雨中穿行
大风大浪
磐石般屹立
没有畏惧和犹豫
炊烟在镜片上起雾
反倒非常逼真地看清
厚重的旧昔
向往的天真

太阳照在北回归线

太阳照在北回归线

我用铁一样的事实

描述虚构的圆圈

头顶的光线

来回穿越

我判断准确

一天就这样过去了

一年就这样过去了

没来得及太多琢磨

季节走近尾声

季节是脱光了衣服的胴体

热情就高出了八度

最高的温度

赤裸的灵魂

吸引了目光

在这里来回接受烤炼

从夏天走向下一个夏天

从白天走向没有尽头的白天

上天的旨意

用90度的眼神

来回扫射

在热带的边边

鸿沟不能跨越

左腿发了高烧

右腿靠近凉爽

我在炎凉中经过

我在炎凉中选择

我在炎凉中走远

在海岛的岸边

我脚踩两只船

我来的时候
你已经离开

像一个久叩柴扉的访客
在这个风吹浪打的岛国
等你不来
为时已久
我把身体俯近大地
意会头顶的你
出现在这里

没有关系
余温仍在
可以预测
我与太阳
只有一首诗的距离

寻访煤矿沉陷区的
一株古树

至少在老家黄土里生存了300年

你一门心思扎了根

时间连绵　独立挺身

一刻没有停顿

活在曾经矿区排水的河道

活在矿工视线拐弯的山坡

平凡生活的节奏很慢

像你的躯干层层舒展

人们都屡见不鲜

我也记不起从前

你不做声

向上向下一定用足了劲

按照自己的法则

活出深度的主张

你的祖先

像你一样一群伟大的躯体

故事出现在几亿年前

化身黑色精灵为这个未来的乡镇奠基

为这片土地上

未来的优秀子孙铺下营养的根

包括你

继承了另一种精神

世事一脉相承

水和动植物都在沉沦

掏心掏肺的结局显而易见

我揣着糊涂装深沉

开始怀疑人生

失去刻度

漏洞层出不穷

风声和记忆

你是主要证人

寻找你不蛮费力

你一直都在那里

东边来的太阳

南边来的大风

300年只做一件事

塑造了古董一样的传奇

和本土不老的神

我今天很快抵达

以100公里的速度突然停下步伐

静下身心凝固时间

拜访你

认定你德高望重

看到露水从叶片上滑落

雨下了起来

阳光普照遒劲的枝丫

我没有为你施过肥

没有付出功劳

今天坐在你身边

却想得到教益和启迪

我无地自容

却渴望指点迷津

火急火燎拜访你

有些出其不意

树梢上急速下降的一滴水

阳光中反射了我虔诚的脸

我一个急刹打了一个转身

拜访了古树

完成一个任务散了个早工

干什么都还来得及

结冰的叶子

我回到大北方
在炎凉间穿梭来往
看见高高的树上
叶子耸立枝头

我细细打量
经过葱茏
陪衬过鲜花
秋后鸟尽弓藏
寒流蹬鼻子上脸
血已干涸凝固成冰

慨叹是无用功
魂魄已各奔西东

只留下这一片躯体

苦苦支撑

透过阳光

经我的手背

我低头注视

相对无言

发现脉络完全板结

固执己见

试图沟通

有力无心

记住喧哗

健忘从前

唯一的安慰

水穷云起

我顺势飞奔远离

卷起一堆灰尘

孤独向前

刻进骨头里的故乡

一个人的身板乍暖还寒

低头看路向前

抬头面对悲喜

村子前头是个弯

渠道在水到达前

悄然结了冰

蚯蚓般爬过来

延伸的墨迹未干

铁打的楷书

观看了历史

为了便于记忆

故事有充分的依据

舞蹈悬而又悬
挂在山顶

喧嚣散尽
面具摘下
幕后空空

规律
无奈而传神
散发微光
把剧中人
从梦中惊醒

岁月永不回头
向前
需要什么样的勇气

孤独是面旗
迎风招展

生
活

飞蛾扑火的表演
被象征追求光明

皇帝的新装
一再登场
人气旺盛

掩耳盗铃
被掌声环绕

善良如雨打秋萍
美好日薄西山
正人君子
把虚构的现实翻开

诗人在吟咏中睡去
苍白的段落
叹为观止

谎言让他笑出声
他在梦里保持镇定

二

从心脏源头

流淌出的外流河

这个夏天火热的生活

火热是一种节气

也是一种气节

地上煮熟鸡蛋

暴风雨来到家门

火热是一种预报

也是一种报应

该来的总会来

一会儿火烧眉毛

一会儿雷雨交加

火热是一种状态

也是一种态度

从头到脚体无完肤

疼痛触及灵魂

善良的人

背靠树荫

巴掌大的扇子

让情绪退避三舍

汗水与泪水

把眼眶擦拭得明亮干净

隔岸观火

看得最清楚活得最明白

比方说一只落汤鸡

此刻她在大树下挺立

掩盖了多少疲惫

虚脱的刻度失去记忆

芬芳散尽

满目凋零

像众所周知的规则

落汤鸡

枯树皮

散装的瓷片

古老的油纸伞

与我混沌的脑袋

紧紧联系在一起

构成水深火热的天地

肩不能挑担

手不能扶犁

农历的夏天

诗人四体不勤　五谷不分

此刻　他深入生活中

触摸到树的根部

和燥热的心跳

惊落一场大雨

雨从根部倾泻

向树枝和天空飞奔

人海中迅速逃跑的日日夜夜

在隐痛的一侧席地而睡

呼吸里火冒三丈

流动的火在水上窜来窜去

逐渐深入人心

脆弱的不堪一击

坚硬的也被融解

生活不仅仅是诗歌

蝉鸣在高枝上把我惊醒

诗歌的开端和结尾都悬在半空

悄然长出的火焰

照亮了柿子般通红纯洁的脸

绝对隐私真相大白

无论背叛还是真诚

今夜
的
月亮

今夜的月亮
没有反射一点光

大约是初一初二的天空
碰上厚厚包裹的墙
现在我坚强地坐在墙的中央
安下心来
观察夜的模样

我捣手细数
黯淡由来已久
如今的月亮

这张独立寒秋的脸
像花开在寂寞里

如今的我
在花朵的心房为她守望

黑色的月亮
绷紧我的视线
我坐在树林上边
树下的藩篱一再偏离
月亮曾经挂在树梢
月亮曾经放射光芒
攀高枝的人奋勇争先
千万只手一齐举起
其实我说的是千万只鸟
他们都先后在这里栖息
又在夜里紧随人群纷纷退去
似支支离弦的箭
带起水　拖着泥
像风扫落叶

我屏住呼吸

凭借仅有的体温

蜷缩着仰天俯地

黑黑的月亮

黯淡的光圈

带来久经浸泡的潮汐

在隐身的光中　潮水

来到这片树林里

刀锋似地行进

剥开浅表的骨肉

与深层的血液

切断我试图前进或后退的路

月亮的花瓣

像线装诗书一页页坠落

像嫌贫爱富的亲戚

像见异思迁的爱情

应验了玄妙的时机

我赤诚的灵魂无遮无掩

寻找
想要的生活

跨过千山万水

奔跑在时间的上面

这些蹦跶的台阶

足迹次第展开

我不间断喘息

我用心用力

仰望过星空

注意过大地

把每天安排得很仔细的孩子

每天都创造了成绩

为了寻找想要的生活

错把一片叶子当作整个春天

叶子在我睫毛的下方筑巢

驻扎所有生活的影集
在不远处
汇总了悲欢聚离

这些日常的句子与段落
活跃在盘根错节的底层
异常顽强而生生不息
多像我的胡须春风吹又生
似灵魂的居所辽阔无垠
我努力活着
甚至于发疯拼命
涂抹的记忆
试图配合力不能及的场景

如今我不得不鼓起勇气
扯开这些情绪的碎片
抛弃铁板般结实的伪装
看心情露宿街头或者桥洞
云烟一片片坠落
处男的情怀一泻千里

也许是经历了一个世纪

我荒芜的容颜

变得随波逐流

记得那一年也是这样的一季

我打包了铺盖行李

关上房门

打开了窗

缺乏细思量

得意而猖狂

敌人一闪而过

他们在背后朝我开了一枪

又一枪

我匆忙逃离

泪水翻过了墙

像败露的奸情

提起裤子夺门而出

讲实话

我真的生气

我用千疮百孔的语言
维修了贫穷的这一季
看不见的终点
不允许歇憩

寻找想要的生活
目的地从前面走来
短兵相接
分外眼红

高远的高原

经过高原

看到一部循环上演的实景剧

壮烈难忘

又高又远

——题记

一、关于戏

演的疯疯癫癫

看的如醉如痴

天空中　幕布后

山那边　水这头

无形的手

在指挥

斗转星移

一束追光

打在历史的天空

幻灯片

照亮了故事

痛彻衷肠

写戏的人你认得吗

演员的心思你明白吗

人生如戏

戏里人生

越激烈　　越精彩

演戏的看戏的

都入戏太深

戏已经点好

时间戏台人物服装道具一应俱全

报酬很高

不计成本

导演坐在幕布后

天天直播没有预演

今天只是又一次重复劳动

这戏

我看过

剧透给你

点缀了一丁点笑料

从头到尾是漫长的悲剧

回不去的故乡确定存在

毫无归宿的远方纠结迷茫

我说的是人生

二、关于主演

假戏真演

干柴烈火

千万年后的传诵

被选取一个段落

需要的

必需的

锦上再添花

用黄金铸造又被黄金镀了边

不是自己的所思所想
不能决定的命运
只为了
演好自己

小小的肩膀挺起
扛不住的重任担当

缺乏情感基础的爱
用泪水奠基
话题很大
被别有用心捆绑
小小的灵魂被捉住
内心
隐忍经年
一忍再忍
结局从拉开帷幕时就注定

不忍心看你的脸
日升月落
陌生的家园

风情短斤少两
演绎得粗犷而离奇
赢了天下
输了自己

三、关于剧情

牛羊马一样抬上祭台
牺牲的典礼
寸断肺腑肝肠

巨大的风雪和路
太阳月亮星星
同一个穹顶之下
来路上烟云散尽
向前进
宫墙高过天际
六畜五谷莫不关心
子孙兴旺无需商量
故乡的繁荣
早已被抛扬

婚姻不是爱情

历史总是无情

没有退路

扛起

沉重的包袱

是唯一的嫁妆

万众归心

造福黎民

恩泽后世

壮观传说抚慰人心

付出命运

为青春买单

传说一刻不停

谁的初夜权

被拳打脚踢

四、关于舞台

相同的剧本

不同的人群和时空

在这里持续上演

酣畅淋漓感人至深

像那么回事

千百年后看

只是一个女人小小的转场

但此刻进入角色

非常逼真

戏比天大

有谁会怀疑

五、关于故事原型

走不出的剧中人

如履薄冰

跨越的这条江河

回不去的从前

雪山屹立

白花长开不败

代表了泪奔的另一种方式

山上山下

临江的地方

写满思乡

逝者如斯夫

不舍昼夜

被打湿被浸泡了的信简

反复在江心搁浅

释迦牟尼陪伴你

你加持龙体加持阳光雨露加持百姓庄稼

唯有加持自己靠自己

经幡转动

成百上千张口一齐诵经

跪拜五体投地

舞蹈虔诚洋溢

灵魂的儿子孙子

粉墨登场

显示出高大庄重和后继有人的表象

梦想和面子挂在东山顶上

个人的悲伤

被盛大剧情遗忘

在打动别人之前

却先伤了自己

看客只爱看热闹

偶尔的共鸣只是一闪念

六、关于舞台布景

马啸啸

雪飘飘

艰难呼吸

唐时的明月

千年风霜

故都初春

终究被历史染了色调了音

我看到了这部戏

把史书丢进江里

泪水在飞

人约黄昏

时间在向前进
江山在向后退

七、关于散戏之后
潮水般退去

鸦雀无声

人作鸟兽散

勾引起来的激情

逐渐挥发殆尽

余温敌不过风

竖起衣领

收缩内心

剧情在继续

列队走进现实

做一些对比观照

显得积极有意义

想起明天的事业升迁与茶米油盐

才知道自己活在戏外

少管闲事少操空心

戏里的激情就此平息

还是会有人回忆起这部戏

对照激烈曲折和淡泊平庸

山川有反转

剧情有反转

人没有

人生没有

戏里戏外

直奔主题

在秋天的墙角
面对一片荷叶

秋天的墙角

水印停留的地方

我凭栏远望

潮水已经退去

丰盛的约会在空气中枯萎

我试图指点的江山

姿容黯淡

五月的尖尖

六月的红艳

你澎湃过我的手

辽阔且蔓延

滚烫的记录

如梦隔离

如今唯有那么一片

金鸡独立

风声鹤唳中

随风翩翩

美丽的心

已经沉淀

与泥土靠近的花与根茎

远离视线

绿色的梦回

荡漾的脸

在通往下一季的涌流中——迁徙

我看到了又一年的对比

在人间

最后的高贵与纯洁

被时光击退

挺身而立

最后一片

收藏了我的心迹

美人迟暮

熟悉的脉动

微弱的心跳

你冲我惨淡一笑

更加成熟的美

与我比肩

情义无法估计

在晚秋的家乡

单刀赴会

理想延续的人生

在殡仪馆

送别克利恩师的慈母

一位86 岁终身革命的老人

———题记

先行者

躺下睡去

时间凝固

苦痛垂在泪水边缘

终究要被擦去

主动或者被动

接受还是忘却

走出去

阳光重回枝头
叶片鲜嫩如初

有人已经停下来
有人继续往前冲
乐此不疲
也许迫不得已
循环的隐秘
潜存周而复始的动力

这头哀乐低回
那头彩球庆生
没人注意没人知晓
靠你自己去想
阳世间香火不灭的道理

灵魂的风景
始于内心
归于墓地
有青草鲜花
不见掌声

请不要在写诗的时候
打搅我

我已经进入写诗的节奏

丰富的意象

愤怒的情怀

古老的田园

年久失修的眼镜不容忽视

火花已经产生

光亮照着泥泞

暴风雨中扭曲的脸

气候复杂谣言密布阴沉的天

我尽量往好了些想

更具诗人的气度

一位名叫唐浩哥的兄长

伟大而神奇的诗评家

正话反说话里有话

我在逆光中偷窥人生

撒了盐揭开伤

我收缩的心脏像兔子一样乱跑

想告诉你不易察觉的真相

我握紧手中的笔

纸上的光线

反复揉捏着伤口

坚决不会被粉饰

幸福并不是一点没有

借鉴过往的诗篇

把相似的人物和表演都一一采集

诗歌有了历史的渊源

使我重生勇气

举起拳头

为你的前行贡献绵薄之力

来访的鲜花

务必与我的居所保持最后一公里

我正在奋笔疾书

占绝对多数的人漠不关心

这个冬天
随时可能分离的感情

无所谓共鸣
我的呐喊开始失声
除了写诗
我还能干点什么

请别在此刻打搅我
那样会让我很伤心

最后
一片
树林

一片树林
风景悄悄长成
把老家包围
严丝合缝

这是我必须面对的风景
今天无法回避
早些年父母亲带领下开垦
种下的希望
比父母亲的期待还要茂盛
而我却在远走他乡时节
把这一片树林彻底淡忘

今天回到这片树林

正是枯水的季节

干涸的地皮

落叶掉进开裂的土地

小鸟翻飞鸡鸭觅食

目睹树干冲向天空

枯萎的不在少数

我开始浇水半天

见到这些善良而扎实的弟兄

他们坚持忍耐

真情营造了天空

我潜入其中

深怀愧疚与感恩

沉默是一种语言

沉默是最好的沟通

让水和我一并流淌

进入根部

长成浓荫

我坐下来
依靠着风景
与树林对视
终于充满信心

心灵的自留地上
最后的树林
叶落归根

我一天经历24个节气

24个节气
像葫芦一串
挂在正面的墙壁
一个一个拱手相见

此刻在意秋天的脸
麻雀衔着光阴浅浅地翻飞
在草堆前留下一道道弧线
酸枣子敲打屋顶
滚落成风景
赶在秋天第一片叶子到达之前着地
下蛋的鸡把喜报传得很远

不甘寂寞不能示弱的生灵
都用丰收装饰门脸

24 个节气里的秋分

离我手心最近

我在屋檐口观看露水长天

把生活体会得如此美丽

觉得自己具备了博大的胸怀勇气

始于立春　终于大寒

24 个节气

乡里乡亲浸泡在田里土里

春天的嫩芽夏天的蛙鼓蝉鸣和冬天的雪片

周而复始往返

乡村的路口在延伸

安排农事和耕耘

结成秋天最好的回忆

收获一堆瓜果和余粮

养育几个儿女和猪羊

为了几只鸡婆鸭蛋费了牛力

他们的生活无所谓成本

对劳动与收成之外的一切

高高挂起

只有我的眼睛看到

竹篮子在房前屋侧去留无意

一铺簟子卷起收起

傍晚时分的光影

炊烟摇曳身影

我闻到了新米和辣椒的芬芳

月亮在天空

我抬头向她敬礼

如果可以

我真的想饿上15天

张望下一个节气

回到矮瘦的从前

今夜
我独守整个天空

我关闭了眼睛和神经

放弃了电话电灯

仰望的这片天空

在黑色里靠近

内心无牵无挂

不着太多印痕

我把自己交给天地

一片苍茫

望星斗消逝

看花儿开谢

鸟儿在游戏

今夜听到它们唧唧喳喳
才知道它们确实存在
无忧无虑
拥有的幸福比我多多了

风儿也在纵横
一张熟悉的脸在泪水里漂移
远走他乡的月
经历过喧嚣　回归沉默
规律不能逾越
曾经行走在夜里的光线
早就成了现实的奴隶
唾面自干
选择了忘记
黑色打通心腔
我与今夜融为一体
从前面到后面
没有界限
夜是灵敏的触须

心事鸟儿风儿一样碰撞

思想拉住了柔软的手

想得太多太久

哲学一样的头颅在飘荡

肢体在分崩离析

摸着心跳

热血还在流动

被怀念的人已经离世

高贵的人品

伟大的格局

饱满的天庭

在记忆里幻化隐忍的痛

一切归于安静和平衡

今夜独守空房

孤芳自赏自述衷肠

这是重要的生活

桂花迟迟未开

诗歌应时到来

宠辱不惊

衣食无忧

结交身边的猫狗

它们应该被信任

成为为数罕见的知音

水稻刚刚收割

天气潮湿

明天起

翻晒是持久的主题

昨夜
我做了几十个梦

昨夜，秋雨冰凉
喋喋不休
我捂着被子睡觉
做了一连串的梦
总共几十个

今早盘点
只记得起一个

梦到我只剩下两个朋友
和一床被子
朋友是曾经背叛过我的
我对他们保持警惕
被子很老实
是我最重要的行李

突然洪荒来了

我没有退路

唯一的被子被打湿又被水卷走

过往的船只上人们只顾自己逃跑

这两个朋友指导我在洪水中立住脚

我学会生存并救了两个小孩的命

于是原谅了朋友曾经的错

与自己进行和解

有明天

有着落

我复制的情节

没有掺半点水分

我居然在梦中圆了梦

这是梦

与诗歌无关

深秋的早上

大半个月亮掉下去

一整个太阳升上来

我爬下床

看到月亮昨夜留在窗口的痕迹

阳光照着我懵懂迷失的脸

使用了心底的语言表达给你

心向未来

脸背过去

日月同辉的两个侧面

都给我很好的刺激

这是诗歌

与梦相连

享受
孤独

我在满城灯火里

关上门

连同秋天的花朵

——闭合

向春天撤退或是逃离

向冬天问好

向秋天问好

向夏天问好

每个季节都值得怀念

每个人和动植物都具有引力

我深信不疑

具有神一样的视力

再见春天

出去

每一天

都是目的地

回来

是最好的幻觉和奢侈

我单枪匹马走过

家园
在时光和视线的拐弯处

早起劳动

早上起来
母亲挎着菜篮到田里土里
淹没在冬瓜南瓜豆角堆中
砖头瓦片水泥沙子木材已经到达
做工的师傅来了
决定在九月
让老旧的房子焕然一新

我微笑着迈动脚步
心里踏实认真
凌霄花满山开放
秋天的红薯还在生长
房前屋后
单季稻在抽条
"捡金子也要早点动身"
逝去父亲的思想

仍然在血脉中奔腾

他长久地睡去已经三年

却在每个早晨委托公鸡把我唤醒

他在高高的山上盯紧我懒惰的神经

每一个早晨都非常珍惜

这是我日常的功课

我必须像读书一般

认真寻找观点与答案

扎实寻找论据与论点

这么多年父母身体力行

带我们走向田园

一年又一年

见识了草叶枯荣

我的青春

与老实巴交的乡里乡亲

在青黄不接之间

在丰收与歉收之间

耕作不停

无法预知的收成

垂在眼前

在阳光下发光

像一串希望的珠宝诱惑

引导我们奋不顾身

80 岁的舅外婆还在种菜

90 岁的李老倌还在犁田

我把握着这样的信息

一代又一代人的命运

在山野田间的早晨

持久呈现

太阳节节升高

身影逐渐消失

付出了年华与汗水

多少人隐忍坚持

多少人华发早生

我已经形成习惯

早起劳动

就像自主呼吸

生存的法则

生活的美德

一个早晨

又一个早晨

雨中的田土

还是那一亩三分田土
经历了几亿年
日晒风吹
几千上万年的细作深耕
养育了几十百代祖宗
此刻它在雨中静立
特别像我的胡须
爬满了疯狂的草根

我与它对视
彼此不冷不热
昨天夜透阑干
今早风卷残云
看麻雀来回穿梭
看雨水在池塘中掀起波浪
小小的布谷鸟在远方嚎啕大哭

很像我小时候

动不动在娘怀里一副哭腔

不为什么

我儿时最爱的酸枣子在坠落

敲打了瓦屋檐

纷纷扬扬

惊落满地沧桑

一亩三分田土

惊动了我写诗的手

昨夜收到桃花源道人朋友徐理顺大师的来信

我在清醒中做了几十个梦

将平凡的生活进行修缮补充

看到母亲翻开了一本歌谱

绝妙的演唱绽放笑脸

看到四只金鸡开始打鸣

宣言像预言一样精准传神

看到芝麻和荷花交头接耳

穿蓑衣戴斗笠轮番上阵

昨夜今晨我不停地穿越

行走在似曾相识的道场

雨中的田土

让我千愁万绪停了步

低下头来认真注视

祖传的泥土

老房子和塘基

树木和葡萄藤

鸟和鸡鸭鱼虫

一切的动植物

平淡时光里的老朋友

生活的见证者

祖宗菩萨的代理人

红尘在雨后

一枝独秀

又把自己交给寂寞

一亩三分田土

出其不意突出在正前方

让我多看了它几眼

不禁打了个冷战

雨中的田土

力透脊背

"双抢"日记

汗水跌到地上

"啪啪啪"几下

就把夏天砸出好多个坑

这样的声音

落在古书上

像一个"锄禾日当午"的句子

我就这样回到了从前

那一刻故事如幻灯片一样涌现

村庄的身影高大威严

勤劳的父亲注视着我

充满了期待

一片片水稻田

合围过来

潮水般封锁密不透风的奇迹

还有母亲和两个姐姐

全家所有的劳力

构成七月的武装

准备突击

这是我必须按时完成的暑假作业

一篇命题作文

跌落在40度以上的中午

我的神经迷糊而清醒

黄色的辽阔

稻谷秧苗

我热爱的植物

蚊子蚂蟥

在我痛苦的躯体上纵横

弹出无数道弧线

成压倒性的姿势

我试图手握拳头却没有还手之力

我在炽热中鼓起精神

在这个没有边际的战场

手握镰刀向前挺进

我弯腰看到万千虫子在吞噬星空

腹背受敌却无暇顾及

我的脚重复机械地运动

起起落落循环无数个圈

我像箭头一样左右逢源

时而拖着笾箕篾箩上了田塍

时而把稻草人拖向田岸山边

难道是我荒废了青春

错把收成当成负担

父亲的笑容很逼真

他走过来

喋喋不休感谢政策英明

他说联产承包责任制

天大的事情

来到我家门口的禾堂里

全家老小一日三餐才放了心

眼下我仰望着父亲

赞叹这个饥饿的生命

有着多么强大的内心
体会到这些湿漉漉的分量
比如这些可爱可恨的毛谷子
已经纷纷在我肩膀上集合
我踉跄着带领他们爬上山脊
一忍再忍
像母亲平日带我们回家一样
跌跌撞撞启程
小小的命运
拼尽了气力
只有饥饿的心跳
维持着矮瘦的意愿

这季节牛与我彻底成了兄弟
我与它喘着粗气
突然一声叹息
在那一个炙热的下午
它倒了下去
是我的泪水和蛙鼓蝉鸣为他送了终
我亲眼看见他倒下去的地方

秧苗在快速成长

绿色的主题

从此覆盖住伤口好多天

我的面部逐渐隐没

就像眼珠看不见鼻子

没有谁会注意到我

我和千万个乡亲一样

与千万粒稻子和千万蔸秧苗一起

贴近土地

后退着前进

在父亲布置好的胎盘上

为下一轮生命着力

我记着这样的流水账

把生活当成了一篇日记

我在一天里经历了365天

在每一秒里度日如年

我的肚子里红汤沸水

滚烫的命运在堆积

季节在轮回

就像我地转天旋

吆喝声从圳港子底下漫过去漫过来

最终大水淹过了堤

白水田冲刷我的所有思想

似醍醐灌顶

我因贫困而富有

因坚持而踏实

像一本飘扬的手撕老挂历

一页页落在田地上

告诉自己活在现实里

而且对生活充满主张

这时

白发的双亲

似乎已经煮熟了收成

看到炊烟升起

听见他们

一声又一声

在喊我的乳名

杉树原封不动

杉树

多么寻常的一棵

长在向阳的坡

包裹住我消逝的脸

是当年父母亲带领下开垦的土地

生长在记忆里

逐渐成为需仰望才见的风景

近来装修老屋

母亲提议把杉树接到家里

一棵都没有少

纷纷前来报到

稀客

贫困时间的证人

顽强精神的缔造者

作出新贡献

老屋檐

正大门

四梁八柱

杉树英雄

齐头并进

栋梁人才难觅

我提议

杉树原封不动

不要剥皮不要削砍

尽量保持他原来的模样

他只是从山里回到家里

服从安排

勇挑重担

我忆苦思甜

打翻了五味杂陈

杉树原封不动

我触景生情

抚摸注目
细数树干上的年轮
对应的回忆一圈又一圈
鸟儿与巢穴
翅膀与飞翔
都凝固在上面
沉淀的过往入木三分

杉树
原封不动
是风在动
心在动
我栖息在他的枝头
入夜
他注定还会生长
来到我的梦里
突飞猛进
提升我的思想

有一扇柴门
为我打开

一扇斑驳的柴门

沾满露滴

和蚀骨风尘

曾经惨遭白蚁

日晒雨淋

听惯了风声雨声

如今站立在篱墙边

无悔无言

默守成规

这一扇门

牵牛花缠绕

七星瓢虫爬过

太阳月亮星星光临

听脚步渐渐消失

雨打芭蕉

风吹梧桐

暴雪倾覆

鸡鸣鸭叫

平常的生活

与远行的心为壑

曾经在这里开门启程

蒲公英在篱笆上方撑伞流浪

我在抵达中转过身

才知道往事多么天真

才发现挂肚牵肠的是酒与故乡

矮瘦的柴门

年老的柴门

从未虚掩

开开闭闭

一条小路蜿蜒

水到渠成走进心田

推开的这一扇
陈旧得掉了枯树皮

心腔坚硬结茧
心事还不算过于悲伤
一头
撞上七老八十的娘
她依然健朗慈祥
这扇柴门为我而开
从此永远回到故乡

朝阳下的禾线子

红红的太阳

穿过山坳

走过平原

越过树梢

像一面明镜

梳妆打扮的禾线子

正好把她擦亮

一层薄雾烘托

年景被静静感动

温润倾尽所能

石桥边　池塘旁

到处都流露心想事成

只有我劳神费力四处打量

一再张望

我喜欢这个场景

态度鲜明

立场坚定

把自己融入其中

挽着禾线子的手

太阳也成为我的臂膀

太阳

禾线子

乡村诗人

走过弯弯的田塍

露水沾湿布鞋

他为什么留连

只因为禾线子上边

映衬了早先的誓言

我是宁乡的

东经111度　北纬27度
地球上的一个点点

存在于水稻田和油菜花的尽头
存在于布谷鸟翅膀的下面
存在于我的眼睛正前方
存在于父母双亲的挂牵里
存在于我勤劳双手的脉络中

此时我就摊开这双手
十个指头长短不一
记录着丰富的爱情
劳动与生活
村庄里眺望

天空游离于目光之外

一年又一年

过了多少年

树枝和四散的篱笆上

绿色的火焰像潮水涨上了天

诸如麻雀一样的影子落在叶上

突然记起某一次爱情

深刻得叫人伤心

在屋檐下端坐

柴火 谷堆和土狗

都是一些老朋友

看鸟儿水一样飘过

便习惯了沉默

三块土砖

两片青瓦

一膛炉火

围着小小的幸福

村子在身后

一年两次散发着金黄

是我们看得见的信念

我已经习惯用这样的方式

回到胞衣罐子的中央

想象她千百年来的安宁富贵

感受她日复一日的从容美妙

所有成熟的人和事

都活在记忆深处

汗渍的记忆泥巴的故事

稻花飞扬泥土芬芳

矮瘦的少年

茁壮于其中

阳光的声音在大队部四周响起

村子的倒影像顺水而来的新娘

一口池塘

一个识字课本

听得见十里外的回响

一根草的地下部分

经常被挖出来

映日诵读

朗朗上口

我从各个方面培养冲动

表明我的珍惜与憧憬

后来某日

坐在远离宁乡1500公里的城市水泥钢筋建筑里

看到阳光透过巨大的玻璃

像切开皮肤看到血的流动

像看见当年砍柴割草的时光

那个让我心疼的女孩

我早已把她留在了宁乡

那根灵魂的腰带

从此没有解开过

我想象她每天都从田塍边上走过

或者担一箢箕肥料经过塘基

生儿育女

春种秋收

农事繁忙

额头上精心打制了不少皱纹

她从来都认为我是伟大的诗人

其实我的诗就像一根蜡烛的微光

流着泪点燃自己

后来在风中熄灭

那是埋在岁月深处的光泽
年代久了
铁都要生锈
那些光泽
我常常视而不见

这些多年前的物件
散发着熟悉的气息
再看看如今出落得美丽的新娘
多像一株迎风抽穗的高粱

花朵如期开放
靠近大地
我在花朵的心房守望
一朵花胜过千言万语
心中会升起一首歌吗
我端详着这种生活
诗歌照耀着
小小的睡眠和日益稀薄的舒坦
齐腰深的土地上
躺着自己积劳成病的心

时光从手上伤逝

鸟儿的归巢掷地有声

我热爱并祝福的一切

谁将为之命名

那些深远的柔情

少女一样洁净

光辉的典范没有装饰

生与死

荣与辱

爱情的刀子

这是我重新发现的世界

是我用手指轻轻摩挲的向往

我的微笑和祝福的花朵

开遍满山满坡

门口的四脚山上　太阳节节高升

我幻想着骑上太阳

铸造诗篇

直至灰烬

也延续光明

世界的心跳

幻想的火焰

无处不在的秋天

远走他乡的祝愿

一朵花沐浴着雨水

风尘上备受沧桑

这朵花结出的果实

是封存多年的积蓄

万里无云

伴随着手指上环绕的生命

情感复杂

秋高气爽

缤纷的诗篇

如北燕南飞

北燕南飞了

听见有一双手

从身后轻轻拍打

带来宁乡的消息

我注视着他

周围暗了下来

感觉有什么东西

正从我生命中滑落

跳动的火焰流落何方

一粒种子折射最初的容颜

我已经形容消瘦

显得无比孤单

还是用这双再熟悉不过的手

这双劳动而苍老的手

从墙上取下这部诗歌

将一生的收成取下来

拍打拍打

灰尘走了

还剩下什么

煤炭坝:
煤炭、坝及其他

纯洁到极致

就是黑到极致

每当我与她对视

她朴实的灵魂

在我的视网膜上着陆

立马灼痛了我

让我无地自容

咏叹自然装点的姿色

像为情人垂泪

是我虚构了时空

站在坝上的人

在夜里渐渐殷实

隔着单薄的衣衫相拥

隔着双唇亲吻

时光匆匆走到身后

在每一个路口深情地回眸

是什么逼迫着我

拨开它如梦的惊涛

我注视地下

看见一团流动的火

我想象这样的火放在掌心

就会握成拳头

多年来的理想

缘于一种过往

就像故乡大水过去

在坝边留下的痕迹

那水位到达的高度

就是时光在风中的影子

只是几亿年的光景

树林铸造了精神

一只只蘸着火焰的手
在拨弄伤口

一扇扇久掩的门板
被重重推开
逝者如斯
亘古的诗意
已登上历史课本的头条

风声和回忆
在繁荣的背后
带着我的眼睛
穿过一片片丛林
寻找定格的种子
凝固的源头
生命的船一直向前
时间筑成的堤坝上站着我的面孔
让你看得出我确实是个诗人

石桥下的群英河

静水深流
身为大队书记的父亲修筑人工河
为了灌溉为了发电
这是父亲最大的光荣与政绩
除了我之外

直到今天河水流韵
芬芳飘逸不散
把故乡浸染得风情婉转

历史在清澈的河畔久久徘徊
生命的形式隐藏在高洁之中
我觉察到一滴水莹莹地悬着
如新生儿鲜亮灿烂

这滴水在一个充满丰富想象力的脑壳中诞生
透过重叠的大脑皮层
把幻想变成意识

这是我对生活的具体解读
对生活的认真总结
这是一条怎样的河流呀
我看到父亲耕种的姿势
背景里波澜壮阔
她漫过我的全身
让我激动起来
突破心腔
突破这些格子的稿纸
成为其中起伏的一滴又一滴

田间响起亲人的山歌
山中走来淘米的母亲
起伏的波浪舒展张力
河床与我的思想撞合在一起
与我的目光扶摇而上

与天籁交融的时候

牵扯天地　关乎古今

这是一种很有责任感的想法

是我从小以来具备的成就

是我孜孜以求的理想

就比如是沉潜多年的生命

突然蹦出来与我交谈

又比方是落日下浮现的诗篇

在多少个夜里我捧着读来读去

将一代又一代人的履历

还原在河岸边

我的两道视线

目睹了相同的事实

这是我在六根清静的地方

表达着对于顺流而下与溯源而上的理解与想象

也许就是一群最平凡的普通人

最终成为岁月最骄傲的英雄

杏花黄了

桃花灿烂

奔腾不止的

是一只只凌空而伸的手臂

一群全力奋求什么而又吝于张扬的生命

这难免让我想起某一年的冬天

在河床上爬行的脚步

流着鼻涕和眼泪感知季节的深度

或者夏季某次呛水时

一声惊叫吓醒熟睡的小猫

难以想象理想比头颅还高

在不可挣脱的怀抱中

私下里握过你与生俱来的双手

是你成就了我：这片土地上最勇敢的农夫

在向阳的一面

我的左手是一片田

右手是一株等待开放的稻花

试图铺开满天霞光

我毕竟还有这么一个地方

可以搞成自留地

在必要的时节

把自己彻底交给记忆

河边的土堆里

父亲正在休息

他已经睡去多年

我经常从父亲的身边

从那条被河水滋润的小路走过

穿过高尚的石桥

眼前空旷无极

记得一个叫永义的兄弟

那曾是我胼手胝足的兄弟
那曾是以我为荣的兄弟
后来我告别了农村的田园
驻扎在城市喧嚣的水泥地
他停留在山野的灶角
一边听着蛐蛐歌唱
一边思考草木灰的肥力

是近来我才把他记起
我在城里的陶醉中突然隐没
一片叶子的身世
在枯荣间写就
我更加清楚地看到了他
那些朴实的叙事

远离前呼后拥

远离光环照耀

母猪下了12只崽　　亩产超千斤

老婆还像个少女　　孩子已经是大学生

我如何能分享他成本低下的幸福

我怎么去倾诉自己代价高昂的衷肠

永义　我的好兄弟

逆光里我看不见自己

我只记得那年你大清早与我相向而行

友谊超越了小学校的围墙

我只记得你帮我扶上风景的梯子

将目光延伸到很远很远

我只记得你羡慕的眼神

传递出祝福与情义

这些情感枝条

抽打在我额上

现出比栀子花开更多的回忆

我因怀念而伤感

它像有效的酒精

把老实的诗人

燃烧得青筋暴起

逼着我将真假善恶富贵风险都写在这里

我写的时候忍了剧痛

五月之后

油菜花开始抽条

六月之后

稻田一片靛绿

那些缤纷的火焰

是否因我受到质疑

七月的雨声接近绝唱

当我来到你的田园

发现你正在田里劳动

一脚起一脚落

轻快而欢乐

一颗露珠归还我所有的泪水

我的额头上华发早生

重提的这些旧事

在变厚变重

内心的重逢在千多年之后

对平淡的事物产生崇敬

这种迟熟的感动

像油菜花盛开

蜂蝶落到了起飞的地方

少数人见证了这场悲喜离合

多像一段陈旧的婚姻

热情支撑的局面突然倒塌

我把头依靠在你肩头

听见你说

生命的灿烂

多么短暂

像一则寓言那样含蓄

在鲜嫩的枝叶上倾斜了回忆

盯紧
那一片红色的叶子

十月的山

风景渐次分明

时节邀我去看望一些故人

一些故事中的人心

需要放下身子

去接近 靠近

一路上我小心谨慎

看到霜打茄子的脸

拥挤着走过

原谅自己

放过别人

就像扶起一根倒地的树枝

捡起几片草叶

一条路绕了几个弯

然后就看见了你

红色的叶子

抖擞的精灵

天使降临

我平静坦然

觉察残存的记忆

影像一样留存

无须过多打听

你做你的

我做好自己

捏住健康的魂

默不做声

静观轮回四射

在日照东隅和夕映桑榆之间

迈出步伐

学习古人

或者山上神仙

悟自己的命

保持应有的风度

不紧张慌神

漫不经心

可以扯下高贵的脸

只为看属于自己的风景

和风景里的自己

树林和叶片是别人的风景

他们不值得去喊醒

哪怕是一举手一投足

不是救世主

无需悲天悯人

季节与人群

都随大流步入纵深

依然爱生活

换个姿势

去端详俯视

感情流淌过的地方

欠账不多

问心无愧

只为自己买单

黄花的叶子

像消瘦的钱包

应声掉下渊崖

冬天来临

谁能四季常青

谎言不能总是成功

机会成本

能量守恒

一切都会过去

天机已经泄露

你已看懂

我已望穿

拍打一下树干

手心里又增加了一个圈

平常的生长

恍若经年

说来话长

纯属正常

看
到

看到老房子上舒展的亲情
看到绿色叶片上漫卷的爱意
一汩汩
从屋脊上流下来
经过树梢
小小的瀑布
难得的景观

水在降落中旋转
看不到波纹与浪
当初的叶片落下无声
与水合围
验证了漩涡

这样的奥秘
就在眼皮底下

我们看见光

看见尘

坐在生活之上

唯独忽略了这般过程

在勾起的记忆里

伤心总是难免

快乐很少值得珍惜

天在旋转

地在旋转

内心明白

只是显得不关心

或者死活不承认

不愿意正视

或者不肯挂在嘴边

一路上的万般风情

候鸟一样张开

在拥抱后松手

以什么样的方式离开

必定以什么样的方式归来

我念念有词

平复而克制的心灵

在沿途看惯山山水水

拾掇昨日黄花

拾起一张老皇历

她还会盛开

她还会结果

待到明春

叶子重登枝头

注定新鲜

看到整个季节的脉搏

看到整个天空的框架

看到一条完整的河向前奔腾

我不是思想者

也不是预言家

我只是想做一个失明的诗人

看到你背光的脸写满经历

从无欣喜

也不悲伤

四

把爱的篱笆
插遍心灵故乡

一朵浪花浮出水面

某年某月某一天的早晨
我在荷塘边
看到水面上
浮出一朵浪花

她是暗香涌动的精灵
传递生命的精神
在心情高处种植了芬芳
微风一层高过一层
美好的事物
已经诞生

塘边的青草小花和鸟
组合成行进的仪仗
可爱的浪花探出头颅

内涵高过品质

这些诚实而振奋的心灵

是生命沿途最好的布景

浪花昭示起伏的秘密

爱情没有凋零

友谊经历考验

这是平凡的夏季创造的奇迹

炎热的步伐蹚向纵深

偶尔一回头

感到无比清新

浪花创造的重逢

让我继续保存信心

记忆比时间还长久

在我的身心上偶露峥嵘

夏练三伏

思想与汗滴一起滚落回来

牵着浪花的手

赴一场约会

世界上所有的有情人

在水花绽放处

波光粼粼

她不是那么简单

纯粹得像一个知音

回顾了往事

英雄所见略同

虽然在辽阔的风景里只是那么一小片

但她的良苦用心

被我清晰看见

她从容若定

磊落大方

折射了太阳的光明

把沧桑温暖地带动

一朵浪花浮出水面

从此映照了四季的天空

眺望一个叫三元塘的地方

关于母校宁乡十三中

我屏住呼吸去思考

所有的关联

都沉积在眺望里

——题记

天映山下有一口池塘

我曾经从老屋檐的石桥头向那里眺望

记得那时我正读小学或者初中

左手拿着课本

右手揉着眼睛

想象着她的模样

像一株野草的茎

在羞涩中上升

植物的茎是天生的乐器

我幻想在塘边吹响春天的短笛

季节新鲜得出奇

一山的烟雨

一水的和风

懵懂的少年浮想联翩

那一天我终于来到这里

我在这里眺望远方

心中装满憧憬

眼光却总是迟疑

像稻香中瘪瘪的一粒

渴望在灌浆时节创造奇迹

你分明对我说

世界是一本书

这只是第一行

我在满天星斗里勃起

从三灵官香樟下走过

在稻花的绽放里

听蛙鼓蝉鸣的演唱

跟着你举步前进

一脚踏入教科书的扉页

像在山间溪水边奔跑那样

像在塘里河里游弋那样

拔节的记忆充满欢喜

又一天我离开这里

转瞬间翻开这本书后面的章节

从第二行起

经历了道义文章的诱惑考验

流在肚脐眼的血

与你贯通相联

亲历我瘦瘦肩膀上的阳光

折射出浓荫与枯黄

她们在我的额头上如期登陆

让我眉宇间的纹路不断清晰

日日堆积的心事

压着心跳与喘息

日渐浓密的胡子

像爬山虎的身影

颠覆了纯洁的叶面

书的每一行

都提醒我

注意上游的信息

那里池塘多少次决了堤

河从这里流向远方

这些经年奔跑的欲望

泛滥成灾

慌惑了眼神

首先面目全非

后来日益疲倦

我从远方向你眺望

目睹了苍老的园田

和白发荒芜的园丁

比如贺校长严教导主任和邱班主任及所有任课老师

还有厨房的师傅烧锅炉的工友炸油饼的贩子

他们依然列队整齐

挺进在塘边

像一把把坚守的梯子

在时光的甬道上

义无反顾　鼓足干劲

将光线传递得很远很远

这使我不禁联想起贺知章的句子

感慨自己的段落

也不再年轻

只有炊烟仍旧那么平静

照样在视网膜上方升起

麻雀青蛙低低浅浅

像稻香一样

像波浪一样

名不见经传

与田野的旋律开出并蒂莲

我在眺望中看到事实与真相

像胎儿晶莹剔透

我乐不可支弯下了腰

年近半百的孩子

闻到生命初始的芬芳

也许就是几节课的时间

当初听讲的人已从远走高飞中回来

受伤的孩子

所有的功课重新开始

所有的功课内外兼修

从今天起

做一个理论联系实际的孩子

做一个经世致用的孩子

不再心不在焉

决心身心俱健

让古老的心事

重新焕发战斗力

我在塘基上春风吹过的地方

拨开草根看到原先的脚印

我的考古发现

成了百分之百的绝密

你信不信

镇上邮递员浅绿色的褡裢中

次第送达的明信片上

我的诗句仍然栩栩如生

你对我毫无保留

你为我准备的盛情

终于让我回头转意痛下决心

蛙声还在巢穴

水色便已漫延

这样的涨潮

已经不是一天两天

我在眺望中终于出现

带着家眷行李

和手中的后代

澎湃的血液促使我的思想不断倒伏

类似于大风后成熟的稻田

我如实回答着你的夙愿

像火烧眉毛的老实人

我关闭了所有感官

决心在你的肩上栖息

在灵魂的故居

像小鸟倦了一样

安静得一往情深

一颗复杂的心

在眺望中

濡湿了阳光下的诺言

印证了春夏秋冬年复一年

这是多少年

眺望

是草叶奏响春晖的爱情

眺望

是赤脚板敲打大地延展的青春

眺望

是牵引血脉月光照亮的归程

陪娘老子去赶集

在一个月稀风静的早上
鸡啼五更
所有人都往金盆桥桥头上冲
我与鸡鸭成群
看到一堆化过妆的脸

我是陪着娘老子走过去的
与他们正面相逢
谈及今年的物价与猪瘟
这些高贵的主题
终于淹没于一毛两毛顶多三毛钱的
讨价还价声

可以想象现实的规矩
比以后的日子更现实

避重就轻里人群如潮水奔腾
到处都是交易

一双双数钱的手
不舍昼夜
那一下子看日光摇曳
我就像面对痴人说梦
我果然看到左邻右舍乡里乡亲
星星一样落在我心上

我盼望着一些身影启发我
期待一些朴素的面孔
将苦难的生活擦亮
南来北往行色匆匆的人
与鸡鸭鱼蔬菜　与过去将来
本质上没有什么不同
他们立在生活的边缘
毫不经意
为我的灵魂打了补丁
与我的心糅合在一起

让我体会到

是乡村桥头街面上推车行进的身影

成就了一条长河的源头

体会到生活一毫一厘

都内涵充足

天气开始变得炎热

我有些高烧

扶着娘老子的手

就像儿时她牵着我一样

我在刹那间经历了青嫩与枯黄

回家的路

在长时间的眺望里弯曲

世事并不复杂

依然像娘老子和河水一样清亮

我把往昔与明天连结在一起

想了想

就如同将鸡蛋与鸡崽子装进一个箩筐里

他们与我一起同行

暗示了我收藏的心迹

致敬
远去的
雁阵

走过路过的有情人
年年岁岁三步一回头
光阴与迁徙的尽头
是首尾相牵的家园

今天不畏仇恨的英雄
蔑视敌人与枪
雁阵组团从天上飞越
搭成人字的天梯
在一年一个回合的战场上
恰好从我心里的微澜中折身

乐观鼓起上升的力
坚持抬高或是推动
所有的伙伴
飞到我眉头上方
携程挽起阳光

受到感染的山林与池塘
接受洗涤接受救赎
一时间振奋人心
举起旗帜和思想
出席庄重的典礼
雁阵高鸣向前
善良正义之师
铺写诚信道德的天空
菊儿见了笑得垂泪
竹林举起扶云的右手
两三只土狗与我同在
我们坐守秋天的奥秘
向远翔的身影敬礼

记忆在翻篇
不能忘记
不能背叛

应该大约肯定
明天霜降
应该大约肯定
明天大雁还会回来

我的泪流了下来

头顶上的白开水

出发于冰川纪或是上个世纪

穿过万千条河流

来到家边的小溪

或者升华蒸腾多少回

从天上倾盆而下

以各种式样光临

千变万化接受我的膜拜

受先贤老子庄子特别派遣

来到人间握住我的手

支撑了我的躯体

百分之六十七十的比重

或者更多

让206块骨头相形见绌

不争的高手

大道无形

上善的精神

把我塑造

把我改写

影响我存在的方式

站着还是趴着

活着还是死亡

是循环浇灌的血

指挥新陈代谢

还是眼睛里渗透的泪

放流痛苦

都无关紧要

白开水泼过来

无色透明道法无边

贪婪与欲望只能逃遁

镇上医院唐再哥院长告诉我

你有病

这是世间最好的药

要多喝

谨遵医嘱

向
生活
学习

向生活学习

倍感紧迫

曾经忽略了的课程

温习补习复习

加倍努力

耕田种粮

吃饭穿衣

谈情说爱

传宗接代

学习劳动生产

学习做人的道理

正午阳光直白照耀

顶着百倍的虔诚

在远方的路口回头

在识字课本的扉页

用大实话和大白话

每天写100行诗

歌颂伟大的父母亲人兄弟姊妹

歌唱善良公道正派的凡人

为委屈打抱不平

救济远亲近邻

春耕夏耘

秋收冬藏

从不嫌贫爱富

为成功者鼓掌

为受挫折的人打伞撑腰

丰收季

学会雪中送炭

给困苦的人送去温暖

笑看风生水起

脚步在荣华富贵前放缓

向云卷云舒挥手

在庭院里行走

自由而重情重义的诗人

把花开花落

连同枝叶一并捡起

苗儿青了又黄

草儿枯了又生

但凡春风想念的地方

总有根茎在不停延伸

学会整理心情

念好感恩的经

向大树学习

涵养水源

向溪流学习

滋润土地

向小狗学习

忠诚无比

向公鸡学习

预报天亮的消息

生活是面镜子

照亮了我

从粉刺泛滥成灾到胡须铺天盖地的历史

不再偏听偏信

不再盲目冲动

白天守望收成

晚上守望良心

我靠近并深入生活

经历考验年高德劭的

值得信任和敬重

生活

是过来人

向阳的脸

我早上从镇边一带而过
看到许多秋菊般的脸
杉木皮一样苍老又新鲜
踱来踱去
漫不经心
向阳而生
麻木的神经
将表情收起

世事不会惊动他们
他们更关心柴米油盐
和传递谣言

真是一个好天气
我飞一样逃向另一个场面
水稻荡漾在向阳的一边
在波光中起伏
露出的脸无限甜蜜

我历经对比
很受感动
觉得幸运
生活在选择中躲避
昨天一夜未眠
梦醒后轻车熟路
今天依然挺拔有力

向阳的脸
填补了生命的志愿

桂花突然绽放

就像我刚刚充值又充电

流量充分守候多时

香气盈盈散叶开枝

浓稠的花瓣躲在远方

今晨拼足勇气

蹑手蹑脚来到我的庭院

与晨起的我正面相见

热烈拥抱

亘古不变

互致问候

彼此打量

还是去年的模样

一年里经历风卷云残

一年里遭遇苦辣酸甜

更加谨慎小心

更加成熟老练

过去一年你还经历了什么

让你把心房收得这样紧

多少人事在填充

多少情感在冲积

灌满了的鸿沟

让逾越成为可能

容颜回心转意

归期一天天逼近

令人感动的惊喜

自然不可言传

花朵突然绽放

吓了我一大跳

没有怨气

不再怀疑

我牵引桂花的手

仍然相信这是可以延续的姻缘

我行进
在层峦叠嶂的水稻中央

老屋场

九月

四边形立体丰盛的脸

热烈地摇曳

伴随着梯田起伏

层峦叠嶂的枝头

熟稔的风一触即发

跳跃的阳光纷纷合围

登上我肩头

人山人海里

我不禁挥手欢呼

亲人和乡亲

我被你们的幸福打动

这正是我对你们的祝福
回到你们中间正是时候
看到一排排丰收的脸
此起彼伏

和你们
一起开心
一起纵情
忍不住唱起歌
我爱这金黄的土地
镰刀打谷机晒谷场
三位一体开放
丰收已成定势
我行进在奔跑的海洋
回忆过去　船去了远方

想起了熟悉的荒凉
当年逼迫我流浪
逼迫我向村外闯荡
那些发霉和饥饿的理由先抑后扬

村口的老树死了

南风吹个不停

树杈上翻飞着我的心跳

鸟儿一样的巢穴

守望岁月付出坚强

感召了卑微的个体

集结了朴素的灵魂

四面八方涌动的果实

凝聚在心灵旗帜的下方

如今行进在秋风中

十分耀眼夺目

立在斗笠上方的面孔

涂抹古铜色的精神

大滴的汗珠坠落

赤手空拳搞饭吃的英雄

将传宗接代看得高于一切的英雄

把锅盖支得高过头顶和炊烟

我追随着这支古色古香不慌不忙的队伍

行进

几十年来头一回

盘点蛙鼓蝉鸣

回忆月影流萤

不觉天色已晚

在断黑之前低下头来

十月怀胎的新娘崴撑了腰

在沉甸里弯下欢喜的身心

层峦叠嶂的水稻

铺好了360度的产房

做牛的父亲

多么顽强而普通的生命
像池塘边的菖蒲霍霍生风
像有心插柳绿意成荫
像眉毛在额头上延伸
他浇灌我的成长
让我见识他的精气神

他有健强不屈的体魄
他有一言不发的美德
他在隐忍中沉淀
他动不动就发犟脾气

固执霸蛮的父亲
风里来雨里去的父亲

经常脚跟碰到脚跟的父亲

每天以神奇的节奏

与任劳任怨的老牛一起出门

这是一个清醒的夏天

饥渴与疲惫如影随形

在炎热的田里土里

稗子与禾苗一起赛跑

牛一样的父亲与老牛再度相逢

他们之间交换了深刻的意见

并没有多费口舌

只是一个眼神

彼此心知肚明

他们早已灵魂附体

一年一季又一天

永远亲如兄弟

做牛

为了生计忘了自己

很有意义也是必须

父亲

诚实得水一样纯洁透明

努力得山一样力拔千钧

我感到他时刻准备着

是一把装满弦的弓箭

一份力的活他付出十倍

一尺十寸不留余地

以牛的品质和禀赋

像耙头挖绝底

从而改变了身家性命

只有我这样的一个俗人

叹息他活得像牛一样艰辛

幸亏有脱俗超凡的智者

感觉他活出了他要的轻松

牛的生命与宿命

让他已经没有退路

过着上气不接下气的生活

吃的是粗茶淡饭

付出的是年华与汗

那些年父亲总坐在屋檐下叹气

叶子烟熏黑他沧桑的门槛

风雨中容颜巨变

一个决定逐渐加深

　"像牛一样背犁"

许多年过去

他改写了家园

山沟里飞出的金凤凰

把牵挂留在这里

他在这里孤独地生息

坚持着特有的惯性

墨守着一份成功经验

一天又一天

继续不断做牛背犁

直到有一天

刘奇武村长来到家里

表彰他做牛的成绩

又劝他学会歇憩

可怜这一头老牛

瘦骨嶙峋不再健步生风

依然有个性有脾气

只要还有呼吸

就要声振雷霆

人已经老去

牛却还在拼命发力

一如从前

做牛

是他的本分和真理

是他选择的主张纲领

是他生活的全部含义

不做牛

不舒服

日子没法过

直到有一天

他离开

依依不舍与这个世界告别

我开始反刍他牛的情结

对这个倔强勇猛的灵魂

渐渐敬若神明

如今　在想他的时候
我会仰望他
他早已与山融为一体
那根熟悉的背脊
牛一样背犁的身影
勾勒出山的全景

歌颂高原江上的风

高高的

宽宽的

整装出发

静谧的气势自然天成

无须过多描述

我走了六千里才发现的壮丽

从天际来到身边

这时候只见风吹过

泛起满世界的恢弘

淡淡的沙尘

引起我追根溯源的兴趣

我在高远的山头观察

牦牛绵羊在等候中寻找

寸草不生沙漠难行

一群喇嘛走过

追随的身影五体投地

稀罕的空气在缓缓翻滚

水在对流

没人注意今天

或是明天冰雪冷冻

多少倍的紫外线

无声无息

血丝和血脉

在血管中搏动

风中的青春和时空

奔走的高地

多么伟大神圣

宽厚仁慈

我在与世的隔绝中

心生景仰顶礼膜拜

后来

江从我被遮挡的眼皮底下拐了弯

毅然决然去了几个国度

不曾回头

只有我和风

仍在这里驻守

鸟儿
把我
唱醒

秋把夜色平分

再过几个时辰

鸟儿把我唱醒

准时的天才

是他们引导了光明

他们蹦蹦跶跶形成合力

唱着五颜六色的旋律

把山坳田野照亮

稻香桂香欢快地传递

穿过节拍

起伏的花朵在跳跃

花儿像是开在水上方

震动波及到结茧的耳膜

把睿智的提醒送给我

内心的重逢是一首歌

鸟儿善解人意最懂风情

三年来成为我的恩人

自从那一次不经意间我听懂了他们的指令

从此后发现了感动

发现了早些年的夙愿

他们的预言

为我的迷途指点迷津

即刻起来

驱赶蚊子一样

驱散了迷梦重重

多么清醒的风

在鸟儿的翅膀下生成

季节风带来湿润

还有温度

对此我不再漫不经心

我要去拜访这些竹林的精英

成为知己

学会飞翔和倾听

既然鸟儿把我唱醒

我就和霞光一道启程

五

有一双迟归的脚步
因你停留

正点的高铁

G529

时光中奔跑的马蹄

只是高铁中的几节

今天钻出水泥板结的城

沿着京广动脉

向着华北平原

向着长江黄河

向着洞庭湖八百里腹地

风雨兼程

不差毫分

北方的狼

言不由衷

奔跑的原野在开裂

麦苗玉米以及季节时令的花瓣

深入陷阱

炽热得密不透风

脚手架林立

长出高楼万栋

枯萎的叶片

是我眼睛里向后退去的风景

这些虚虚实实真假难辨的风景

将我的灵魂和高铁捆紧

记得那年也是这个轨迹

乘坐绿色车皮

睁大了眼睛

智慧而水灵

向往这一片麦苗青青

风吹草低

拔节的声响

在轨道上奋蹄

我关注到正前方的树苗或小鸟

他们身姿挺拔

热血充盈

每根毛细血管都涨红了脸

火车开得并不快

让我品味了风景

只因日月累积

才有了十万八千里的偏离

轨道是坚固的工事

今天迷雾重重

自己成了最后的敌人

这一次突围

不能怪天气

同样的场景

在这里狭路相逢

两列车不期而遇

碰到了我心腔的壁

颠倒了的时空

我在北方的天空

承受这场灾难

见到了百多场阳光照耀

经历了几十次雨淋

寸草不生的节气

与我水土不服的性格

彼此牵连

赶紧掉头

G529 今天起了个大早

火急火燎箭头一样奔跑

接近再接近

是贴近故土的心跳

为合理的解释留些旁白

水就这样漫延

冲刷了近乡情怯的脸

花朵逐渐开放

油菜花桃花杏花荷花

逐步恢复按时间开放

现在是九月

丝毫不要怀疑

还有菊花和雪花要来

G529 在心灵上游走

走过平原大山和水

动力强大

方向准确

澎湃的气浪

让一路上的花草植物倒伏

汽笛声声

裂肺撕心

心灵空白处运行的这列车

平凡而高尚的生命尾随而来

谢谢你递过来的一双手

一双手

在风雪后递过来

在向前的前方

在过去的后方

在身体的周围

萦绕不离

带着体温

紧紧握住

久违的手

在众人逃避的阵地

思想依然幸存

而且一切正常

他选择隐藏

只在这一刻现身

结茧的有力的手
智慧而低调
远离平庸
沉稳的力
把我拉扯牵引

往事一并连根拔起
带出泥土
裸露的地表
被流言和口水袭击
这双手
高大勇猛与众不同
见过万般风景
拥有超群的主意
把住了我的心跳和脉搏
　"没事最好
有事不怕"
年届90的老前辈伍卓群、肖劭禧都是这么说的

我发了烧
我在退烧

最高刻度的阳光

*献给援藏的兄弟巨培

此刻我坐在家乡的老屋里
把你想象
好兄弟你在云的故乡
在山的天上
那里阳光朗朗

你在3700米的高度
驻足伫立
你在念青唐古拉山南端
挥动手臂
被拉长的影子
竟然有3200多公里
一古脑倾泻到我的面前

一堆捧不起来的思念

澎湃在我的诗里

流动着雅鲁藏布江中下游的气息

我不禁感到欣喜

多么壮美的画面

三十多万藏族同胞的柴扉为你而开

每家每户都绽放着几张格桑花般艳丽的脸

他们已经成了你第一时间的惦记

最高刻度的阳光

萦绕着你

你来到他们周围

蹲下身子

把一株青稞端详仔细

像慈祥的母亲面对熟睡的婴儿

那么甜蜜

"今年的亩产要增百斤"

阳光的声音在地头响起

这是青春与梦相遇的奇迹

我看到这些缤纷的阳光

不只是从手中的青稞跳到你的额际

她们伴随着你的眼睛不断延伸到更广泛的地方

那里是城市农村企业牧区山地

七万多平方公里的土地无所不及

最高刻度的阳光

播撒下金色的畅想

当根部和土壤紧紧凝结

被霞光镀亮

赶着牦牛归来的兄弟

露水打湿金边的藏袍

他真真切切看到了温暖的记忆

从贫寒农家走出的你

多像这位牧归的兄弟

爱的基因如此天然

回家就是一种默契

"改变她让她更美丽"

是出发时定下的主题

在家乡分别的时节

我看到你与我握过的手

在阳光下举起誓言

现在她近在眼前来得紧迫

在最高刻度的阳光中

充分浓缩快速聚集

把责任与使命的担子放在你心里

我闭上眼睛

在极致里飞翔

落在山南大地

分明看到

又一个春天的奇迹

在你和你队友们的眉宇间开犁

那是多么适宜耕种的家园

根正苗红 茂盛鲜艳

这样的豪迈场景

我早就在你眼中读到过

她是你心灵的底色

她铺满你青春的脸庞

早些年月我们还在稻草垛里一起捉迷藏

你就已经开始关注远方

而今她如愿在生长

映出智慧和光亮

成为春耕夏耘的力量

成为秋天丰收的苗壮

成为我对你坚定的向往

最高刻度的阳光

照耀生命的诺言

那是地底的心跳

描述大爱的热望

是的

明天我立刻就要去山南看你

3200 公里并不太远

无须导航

最高刻度的阳光

是一双方向明确的翅膀

看到阳光
撑起
一片天空

在天的上方
穹顶帐篷一样张开
向往的脸庞
——标记上金色阳光

梵音缥缈放送
薄雾中一抹神秘微笑
冲我绽开
宁静天然
平安中的体贴让人心醉
多少心灵陆续抵达
前前后后来来往往驻扎

坐地成仙

想静下心

听上空的回音

条件天生具有

那就穿越沧桑

与天空相望

与土地重逢

种子

人生

金黄色

义无反顾的底色

不可多得

待到正午

效果更加浓烈

第一时间的拉萨

头重脚轻

飞在西藏的天空

行色还算稳健

棉花朵朵也开了

和纯洁的格桑花

一起挥动

一双真诚的手

跨越时空聆听心声

仰望奇迹

我带着百倍诚意而来

试图验证真情

倾尽所能

抚摸中触景生情

深入中——适应

考验

旋风吹散头发

开枝散叶的年华

只见心跳在加速

每一次碰触心腔的壁

心里的鼓点都有回声

一阵阵歌奏起来又沉下去

有理由想

肩扛使命

行程壮丽

我的高度

增加了四千米

致山南

我来了
如期赴约
握了你的手
摸了你的心

我来了
但将不断出发
触及心灵的旅行
一次又一次正点启程

我走了
飞回到你的故乡
却把心留在我的异乡
因为有四千米的高度垫底
下一刻迅速升到万里
这是情的高度
绝不是心的距离

河水走在
我的前头

从京城回来的老兄理峰

邀请所有故乡的盛情

与长辈亲人

特地绕了一个大圈

在秋天临河边与我相见

他走在我前头

涨红脸睁大了眼睛

没有讲什么大道理

即席读诗三首

大口喝完酒后

河水下降了刻度

这是他庄重的等候

在河的渡口上坚守

脉络分明

带着赤诚的温度

血液从未凝固

浪花十分畅通

澎湃的河水

举过头顶的右手

都耐人寻味

河水从这里流向远方

滋阳补阴

河边树已成林

花朵成群

岁月的事实安慰充盈

为他接风又践行

他还会回来

这个冲积平原上方

我不会离开

泪腺与河道融汇贯通

我的眼睛看到遥远的波光
注意到平安健康快乐的细节
在渐进的光阴中频频回眸

河水走在我的前头
不小心打湿了我翻开诗集的手

漂洋过海追随你

*致流落海外的兄弟蔡成

流落海外的兄弟

与我隔着一片南太平洋

假模假式互相惦记

你不容易

你总叹气

你出口转内销的文集

印满了贫困的足迹

我一开始就对你深表怀疑

一口气生三个女儿

一口气出版十几本书籍

愤怒而忧郁的诗人

天天奔跑什么动机

不是为了抬高理想拯救人民

只是为了一日三餐和生计

是什么让你选择逃离

这个问题直击主题

你的心灵鸡汤

摧毁了我的智商

那年在金盆桥头挥手

望着远涉重洋的船

你精神振奋显得风度翩翩

像打了血的公鸡

只有我傻子一样为你心伤

决定免费替你尽孝守望故乡

你小小的身体和庞大的理想不成正比

肩负了太大责任和使命

到底为了什么

难道想崇高而不朽

你在海外的天空

架设了理想的城

你播撒了千万颗良种

满心欢喜等待秋天莅临

今天海上刮了十八级台风

城市已经倒塌

稻香成了稗子的掩体

你骗不了我但你终究骗了自己

故乡越来越远

亲人们都上了当

相似的剧情

在悲伤占绝对篇幅的舞台上演

活得牵肠挂肚颠沛流离

你倒是想得挺美

现实拨弄你的伤口

既想衣食无忧

又想诗酒兼收

你不是顾城

你连永强都不是

兄弟

请放过自己

这年月诗人都萎缩了神经

上气不接下气

劝你趁早收起天真的话题

那天在你的新房

雨中的屋檐

你喘口粗气做深呼吸

为黑云压境叹息

我顺道湿冷的天气

进入了你残余的领地

我理解你的悲伤

我只是想让生活更加实际

兄弟

我们惺惺相惜

我想安慰你

又不想旧事重提

伤口上白花花的盐

苦涩涩的咸

反射了偏离的航线

你在诗中描述有一双脚步为你停留

你还说你的理想是做一条狗

故土难离

真情都喂了牲口

激越的情怀

本性的忠诚

都一再被集中火力无情攻击

你言不由衷的写作完全为了骗取稿酬

作为叛逃者不堪回首
你对我提出的最后一个请求
是把你在家乡的资产重新整理登记
你回不来了
要我去投奔你

行　算你狠
我答应你
其实我正有此意
但你在老家已没什么东西
老婆已被你拐骗
带着空空的行囊
和你遗落在村口的时光
还有你扔在老家的祖坟
特别是你年过八旬多病的母亲
一起买了大打折扣的机票
或许在前天
最迟在昨天
尽快启程

捡到一封
老去的书信

在家乡精神病医院门口
她突然转身
冲我笑得夸张
在夕阳下迷茫

众目睽睽
她掏出我写给她的信
久违了的文物
红色日记夹带的私货
在天晕地转中飘逸
人证物证俱在
仿若隔世
这个早已为人妇为人母的老处女

如此绝美伤神
让我痛了脑筋

记得那年英姿勃发
见到纯美动人的自己
描述春水共天诗画连绵
拨动那个时节的喧嚣
尝试着把鹅黄嫩绿
写入靠近树林的脚步
年青的诗人
不识忧愁倾注真情
发出的信一再没有回音
他的表达从开头到结尾
都受了蒙骗欺凌
他的低吟浅唱只是陪衬
世事暗藏刀锋
付出了独具一格的魂魄
却险些要了自己的命

惩罚是最好的宣言

岁月捡起错失了的姻缘

邮递员车轮滚滚

时候不早了

在深不见底的路上

冤冤相报奔走相告

幻化成一本诊断病历

申明大义

规劝接受事实

年老色衰贼心不死

这只是一种常见疾病

幸亏我的信里

早就配好药方

救人要紧

终生服用

菊花从天空坠落

*深切缅怀曾宪梓先生

秋天里　菊的花园
透过时间伸出来的一双手
紧张陌生而冰凉
摘下一大捧忧伤

洒向天空的花季
一片连着一片
花心里的水
敲击在眼眶里
一滴又一滴

我设计了这样的场面
把你想念
你跨越河流和山岗
脚步扎实而匆忙

见识了无数辉煌与苍凉

毫无眷顾走向远方

我在刻骨铭心里

叹息

多么博大的品质和伟岸的毅力

记得那年你走过这片花地

亲自种下爱的奇迹

扶着花的根茎

对我说喜欢这花的心境

今天旧事重提

过往已遥不可及

秋分后遭遇冷冷的天

经验告诉我

结束后的花期

今天将成为从前

细腻的花蕊送来白花花的光线

投影在我胸口

我一再想

曾经你这样的一双手

粗糙温暖而有力

递过来一季

缤纷的畅想

飞扬的哲理

稳健的希望

苦难辉煌浇灌的土地

从物质到精神都十分罕见

这些金色银色的花朵

开满天地　无关利益

是你给我巨大的力

举起头顶的青春诗笺

我经历了完整的一季

这些成长记忆中的花

为我点亮过灯盏

照亮过心房

在怒放里飞扬

现在

他们回归沉寂

从天空扑向大地

在我举向天空的手臂和诗笺上缓缓留存

写下倚伏与循环的悲欢

这坠落的一季

花片沉到了江里

久经冲刷

从此踪影不见

在背光的那一面

我亲眼目睹天空的浮云

打翻花瓶

温暖的往事

感人的片段

慢慢倾泻

与花瓣一一对应

老面孔久别重逢

早已失去表情

反应迟钝

无所谓悲哀

这一季

和后面的每一天

我的诗

将在菊花的身影中漂移

哀乐离合

是连绵的主题

外甥从海外归来

外甥

一个叫勋哥的博士生

近日海外归来

害死了老家的鸡鸭鹅

秋水望穿的外婆

为他煮熟了一年多的收获

丰收的孩子出征世界

浇灌生命的根茎

开出太阳般的笑脸

风吹翻他竖起的衣领

一些执着　一些誓言

像水稻麦子一样

十分茁壮

天生的良种

放弃了锅碗瓢盆

敲打了仪器仪表和键盘

现在他要归来

候鸟一样的迁徙

与飞机一同排成雁阵

时差是最好的引力

澎湃了太平洋的潮汐

现在他要归来

浅浅的羞涩坚定的笑容

向往家园想念亲人

一如他当初出发时没有犹豫的豪情

我的视野次第打开

为他大方地设计了航线

在一张世界地图的上方

我指挥了整个飞翔

幸福的孩子

看到了田野一片金光

还有油茶花盛况空前

他手握着翅膀

每一次扇动

都产生巨大的浮力

前方就是家园

明媚闪耀

稻香袭人喜气盈门

正是收割季节

颗粒归仓的场景

与他内心交相辉映

勋哥从海外归来

赞美的诗篇正点到达

今日露染黄花

秋水在第一时间打湿了他的眼睛

沛
公

沛公

初中班主任

教语文

古稀的证人

翻动几千年以来的教科书

讲解清晰的历史

"没有对错好坏只有成败"

什么逻辑

出口不凡

让你从此走进我心里

那天在雨中看见你的身世

13 岁少年力薄孤单

父亲被风卷残云推翻

你学会坚强学会喝酒
一切生存的技能
在草屋底下来回试验

最终你找到办法
孤独中麻木
清静中洞察

以为
长大后
我就成了你

酒被点燃
同时点燃了你的大半张脸
不是你不小心
"这是刘伯温都不能把握的命运
何况是你"
红口白牙的沛公
从此神机妙算
灵魂附体

因此收获了儿女家庭

收获了桑梓晚年

收获了田里土里

桃子李子大雁一般去了远方

只剩下像我这样为数不多的把你仰望

那天在雨中

你接受日渐稀罕的世事人情

摊开手

耸耸肩

在南塘塘基

一会儿反对我写诗

一会儿反对我喝酒

一会儿反对我抽烟

最后苦口婆心叫我去上班

三次以上预言"你还能升官"

那一天

清白人沛公

神算子沛公

开始因年迈失忆

酒后跌到田里

一场大水漫卷

沛公毅然决然爬起

没有像屈原一样就势顺流而下成为英雄

错失良机

忘了回家

让我在梦中彻底失眠

不会产生一个节日去祭奠你

浉江不是汨罗江

从神坛回到人间

沛公

也许还能长存几十年

再活100岁

我的沛公

也只有三万多天

长大后

我没有成为你

真不知道该怎么安慰你

*献给可爱的林键兄

这是一个正常冬季
人情像北风荡涤
卷起落叶遮住熟悉的脸
那些曾经虔诚绽放过的笑容
在季节的尾声迅速沉沦

我刚刚大病初愈
难眠的夜晚把你惦记
你三十年甚至是一辈子筹备的盛宴
就似这夜间梦想一场
在毫无防备的慌忙中散了席
瞬间走向孤寂

你难免痛楚
泪流满面

顺着往昔滴落的方向

看得见陈年的叶片

飞动的蛛蛾

起伏的尘埃

一声叹息　九曲回肠

坠落深渊　了无痕迹

逆风上扬

善良而受伤的心在何处安放

曾经的守望

付出黑发青春

在滚动的风雷上方

总是奋不顾身

你是牛或还是马

如此忠心竭尽全力

你更是悬崖边的舞者

在刀尖上游刃

一直不留余地

虽然你无懈可击

眼下却也无路可退

步步紧逼

自己救自己

往前看那一株千年崖柏

厉害了我的精灵

放下身心伸展枝丫

抛弃残存的念想

索性活成想要的自己

"时也命也"

不回首失去与从前

认真拾掇未知与内心

轮回之间

目光转了个圈

看得更长久

回到原点再无终点

目睹了循环世事

沧桑促进成长

你欲哭无泪气短无言

其实不必如此劳心费力

深藏的敌人已暴露无遗

不值得你心事重重枉费心机

对得起任何人

从此只关心自己

喝茶会友

弹琴赋诗

偶尔关心天气

推开门翻过窗走向天空大地

收起忐忑的理想

像收起一把纸伞一样轻松

忧郁中种下最后的种子

像对待亲生孩子一样精心

指望他陪伴

并且养老送终

最好是成为难觅的知音

浇水施肥除草治虫

拿出以前的一小份力

静静等待下一次希望的萌生

有的是时间

就不必着急

天亮前

你努力睡去

只管把能量蓄积

而我

正头顶落叶

穿过风声

黎明前

紧赶慢赶来到你身边

虽在冬天

靠拢的心

有能量融化所有冰川

六

已经抵达

但将永远在路上

昨夜
我走出水泥钢筋森林

这是不可预料也不能重复的命运

昨夜我走出水泥钢筋森林

看见星斗和萤火虫爬满天空

不少老朋友

握着我下垂的手

聊一些不曾离开的从前

绕不过的话题

和墙上的草

倒悬如瀑布

浮起我小小的身体

光景阔别多年

已无所谓悲喜

来路上遇到的熟人中

漂亮的女人大多众叛亲离

或者未婚先孕

曾被我奉为知己的座上宾

只有一两个算得上坚贞

从欲望的角度出发

抛开细枝末节

扒开枯草烂叶

发现了清晰的脚印

那是希望的田野上

奔跑的年轮

是陷入泥巴里的踊跃根茎

和稻花般铺开的历程

昨夜我突然兴起

幻想在路边开放

许多难以言传的词句

在我眉头复活

他们使我印堂发亮

让我的心腔竹子一样虚心

我闭上眼睛

觉得离快乐是那么近

和我一起长大的兄弟

多少年音讯不通

力挽狂澜穿过茫茫人生

第一回敲开我的柴门

这是刚刚修复的堤

一条内流河蜿蜒在我的额际

经受了炎凉与打击

锻造了一身武艺

含着时光的河床

水到渠成

浇灌我的眉宇

终于长出浓荫

这是一颗怎样的头

萦绕着什么样的思维

熟悉的夜晚故地重游

见到往事的深度

见到曾经以身相许的人

包着头巾戴着鲜花从田上堤边走过
驻足倒影把歌声留住

少年的理想在森林上空栩栩如生
筑成温暖的巢穴
羽化成招手的翅膀
迷失的征程在上升中抵达
忘记过去
沉静未来
将对立的事情统一
幸福十分宝贵稀奇
翻飞的历史写满良心正义
我无法兑现内心的誓言
小小的头部收缩下去
顶风冒雪的棉袄里
一个流浪的躯壳失了声
他
以后是否还有足够的勇气
打开家门
面对乡邻

昨夜走出水泥钢筋森林
像翻晒一件陈年的嫁衣
老婆孩子亲人都排队伫立
我用最近距离的眼光重温
这些深居简出的容颜

我努力掐了一下自己
有些疼
噢　不是在做梦

崇拜一座山

昨晚我箭直冲进山

家门口的山

太行王屋一般

当年出门时的麻烦

山外有山

对照父亲的教导

我愧疚不堪　心情沉痛

我寡言少语　不再说话

直接就"扑通"跪下

跪累了又躺倒

睡在山的腰中间

三年前父亲就在这里入土为安

距离他的住地不远

一个声音若即若离
"从起点回到起点"

这是哪一个智者或祖先
为我解开谜团
从此衣食无忧
从此靠山吃山
不管三七二十一
流着口水打开肚皮
祖传的血液
填补多少贫瘠
从胎盘到肚脐
胞衣罐子乍暖还寒
好日子才过几天

我要进一步蓄足营养和马力
吃母亲做的饭
天天锻炼身体
防止病从口入祸从口出
我的嘴只用来吃饭

向母亲无声表达

今后全力以赴回来陪你

作田养鸡种菜酿酒

柴米油盐迎接知己

今后不再追求荣华富贵

继续与妻子喜结连理

善待心爱的小孩

承诺给他美好前程

关心朴素的左邻右舍

协调关系伸张正义

关注刀耕火种

关注古意与新趣

关注终年不老的神

建设无欲而有趣的灵魂

顺带参观成熟的风景

那片生生不息绽放的花园

现在已经垂下了枝丫

是成熟的力量

撞击了我的身体

我揉着眼自然而醒

隔着篱墙

镀金的霞光像水一样舒展

追随
一只鸟

一只鸟

一只叫不出名的鸟

一只乡下老家的小鸟

公元二〇一九年九月的第一天

在我的眼皮底下集结

像荡秋千一样自由自在

唱着欢乐的歌

成群成队

覆盖了头顶上的蓝色

我依稀记得

这是很多年前的那一只

是我掏鸟蛋时良心发现保留的那一窝

是我英姿勃发时剩下的记忆
是我不曾保留的惦记

今天不经意间出现
看见这个普通平常的生命
悄然间已经长大成人
不仅繁衍子孙
而且越发年轻
他没有顾忌忧愁
与生俱来的活力在传承
轻松地行走在
这片属于他
本应该属于我的领地

是我成就了他的理想
我曾救过他的命
他继承了我的这片天地
那时节我与青春一同飞去
在山外异地的枝头栖落
看到这只鸟

这只似曾相识的鸟

还有鸡鸭鹅

还有草鱼黄鳝泥鳅

还有母亲养育的花猪白猫麻狗

这些被我忽略了的年轮

在身后的故乡衣食无忧

逐渐成长

不声不响

我深深佩服　自叹不如

痛惜自己有时不如母亲养的猪猫狗

今天已无路可走

夹缝中

抖落天真的念想

和反复无常的愿望

开始端详如梭光阴里

飞过来的这只鸟

在堆积如山的背影里

捡起一颗狼狈而归的心

这只鸟

把我的视线牵引

与我在额际重逢

板结的故土

天空的底色

开始松动

并逐渐相融

这只鸟

至高无上的向导

千年难觅的知音

我踏破铁鞋

费尽心机遇到的贵人

让我内心感激

让我旧梦重温

让我再次产生冲动

羡慕的这只鸟

追随的这只鸟

没有犹豫和停留
唱着歌呼啸而去

引导的航程
霞光乍现
你看你看
在光线的这一边
那一边
我
浮想联翩

找
到

山为什么高大古老

江河的道路为什么绕来绕去无数个弯

雨降下去云升上来为何不停循环

白天和夜谁是先进工作者

鸡与蛋人与猴谁是谁的祖先

龟兔赛跑说的是智慧还是谎言

都说皇帝和神仙能万寿无疆

为什么如今一个个都没了踪影

我每天都做一些无用功

面对天空大地宇宙无言

为了找到答卷

我耗尽了时间与气力

找到灵魂

听从内心

放弃遥不可及的远方

找到眼睛

指引归程

原谅一片叶子的阻挡

找到故乡

见到母亲

翻唱古老的童谣

找到今天

写下丢失的诗篇

文如泉涌——记下

找到自己

发现故事结尾处的反转

放下蜚短流长的记忆

我驻扎在一首诗的中央

奔跑的双腿和身体

抛弃了喧嚣　击败了流言

原谅欺骗　放大善意

以后工于建筑

努力建设家园

用意象搭起房子的四壁

收留沿途的风景

乐观的句子成为绝好的四梁八柱

簇拥着的花朵　环环相扣

亲人一起居住　相互照应

用一炷香的工夫怀念父亲

一日三餐供饭烧纸

安顿好慈眉善目的母亲

赞美妻子　鼓励孩子

生起柴火　唱起古老的山歌

情绪用我的诗点亮

他们稻谷一样饱满的眼

深如清泉

略含饥渴

病痛不多

读了我的诗疗效明显

三五两的纯粮酿造

让诗的脉络青筋暴起

内涵不停燃烧

拾掇生活　讨论诗歌

拿起来放下去

蘸着口水翻来覆去

每个段落都具韵味饱含深情

值得与我们一起分享珍惜

像我的诗情一样涌起

四季芳菲尽染

五谷还正在生长

六月不是看禾时

诗人

利用这个空隙

在心房稍事休息

微笑之间

微微一笑

天气晴好

日常的三餐应时

睡觉起床写诗

和母亲一起烧火做饭

炊烟发出了请客通知

亲人和朋友陆续抵离

随意谈论过去说到未来

秋天的花朵容颜旋转

浸泡在今天

酒和茶叶相互作用

承载丰满的心事

目光在漂移

我细心观察每个人的脸
以及他们的纹理
关联的故事都铺满伪装

我帮忙——把面具撕掉
对于过往从前
真实宽容善良
打磨了最好的气场

大家心情都好
我在微笑与微笑之间
保持沉默
安静得一往情深
显然没有一丁点沉沦
心淡然飘逸
无论酒或是茶水
都具备相同功能
先是稳定器
后是催化剂

每一季

每一天

选取一个小切口进去

都别有洞天

怀念悲伤与痛

体会了延时的幸福

自然表达的微笑和祝愿

种植了树干

林立的风吹过来

茁壮顺利

光形成直线

不断扩展

一条大道

缤纷向前

成
长

我在火车上向前奔跑

没有提速

只是感觉离家更近了一点

接着我踮了踮脚

没有长高

只是感觉离天空更近了一点

在回家的路口等你

大清早
我行进在秋风里
步伐从容
偶尔带动几片落叶
和布满朝阳的天空

天下攘攘熙熙
许多人群走过路过身边
没有留下印迹
更多的人顶风而上
像飞蛾扑火一样坚决刚强

我在心里酝酿即将出版的诗歌
向着老家的方向

眼神专注
灵感顿生

一位名叫大志哥的人对我说
"可以为他们鼓掌
但只有最亲近的人
比如父母爱人小孩和兄弟
你还是要提醒"
"走错了
已错了一大段行程
赶快打转身
与你同行"

"好的"
我在转弯的路口写一首诗
用这个时间差等你

向一滴水致敬

一滴水
在普通的头颅中诞生
经年累月
透过复杂的大脑皮层
最终夺目而出
滴落在心灵的世外桃源
溅起一声叹息深沉

一滴水
唤起我思想的源泉

涵盖动植物和时空
在树荫底苔藓下驻扎
在土壤里根茎边延伸

甚至翻开我案头的古书

打湿了的文字

在哲理中百步穿杨

老子庄子的理论

与我的实践相结合

伴我走过万里征程

仰望过高山

激扬过长河

如今放下脚步

在舒缓中停留

屹立于江湖之间

灵动而智慧

自然而苍劲的一滴水

不加修炼

晶莹剔透

柔软的笔迹铺开

看见水光荡漾

漫过设防的墙

原谅历史既往不咎

放过敌人和自己

以前没有这样踏实温馨

走出镜框和心腔的一双眼睛

目睹飘逸着人间烟火的水

是祖宗和父辈的身影

他们站在水边

看不见底的深度

把我提醒

自从收集了情绪的过程

我日益看清了自己的倒影

学习一滴水

浇地种菜

做母亲的帮手

插田扮禾

做家里的正劳动力

滋养身心

与世无争

致敬一滴水

在哪里都合群

融汇贯通

随遇而安

即使蒸发

也曾折射过光芒

努力做一滴水

回归生命的本能

透彻身心

月亮
来到
头顶

月亮来到头顶
一张圆圆的脸
所有的星光黯淡
所有的清风陪伴
树梢迎上前
天然不加修饰
成就最好的剪影

我也迎上前　　确定
你已行走千年
我刚送走人间所有的亲戚
短暂的寂寞

天上的贵客

恰好来到我头顶

缤纷的光芒出现在千年之后

伸出温暖的手

白里透红

湿润清新

真情释放的感动

缓缓降临

无微不至的关怀

无声的抚摸周到柔软

一双手和365双手握在一起

握住数不清的花瓣

覆盖了斑杂陆离

月亮雪中送炭

心意来得及时

从此住在我这里

达成协议不要分离

一万遍谢谢你的关心

我的知音

前世今生的情人

我流着泪写下诗篇

透过黑发透过树梢

看到了从前的自己

和你贴在一起

幸福好突然

没有距离

非常平易

过着
与
伟大诗人
相同的生活

游山玩水

目不斜视

四海为家

手不释卷

阐述仁者智者高深的道理

烟和酒是不分家的朋友

读书喝茶陪伴母亲爱人孩子

按期出售诗歌

掂量掂量心灵

足斤足两不差毫分

在怒火中燃烧过的诗集
锤打在心里
你我一起看见
凤凰一般
映射重生的脸
诗人已经不再腼腆

功夫在诗外
准时出门不会迟疑
诗情画意在两年前远离
感知黑暗光明的对比

在紧锁后又平整的眉头
我体会自在自由
走过大好河山
把诗歌的词句照单全收

一个忧伤的诗人
唯一的任务

努力将诗歌让人读懂

他站在精神的云顶

贫困而富足

至少衣食无忧

不再出离愤怒

收藏与苏轼一样的起伏峰谷

拥有与屈原一样的脱俗风度

按时与陶潜一样

携程同归

信心

若即若离的痛感
咸鱼一样翻身
爬过心灵的墙
无依无凭

心里收紧
摸摸心跳
湿了手心

我该怎么诉说真诚
我该如何选择前行
我是自己的知己
也是自己的敌人

天马上就亮

听到整整一夜的雨声
又看见风和脚步
翻响屋脊
一颗高瞻远瞩的心
孤独而发霉
在沦陷中度日如年

不怪天气
暴雨注定要来
听闻大水冲垮了塘基
已经淹了多少时辰
人心不齐
山顶上试图燃烧的草包
也被反复浸泡
黑暗在所难免

分明听见母亲烧开了水磨好了刀
她在猪笼屋里喊我帮忙
宰了这一头她喂养多年的畜牲
等于驱赶了瘟神
时下的猪瘟让家里损失惨重
智慧的母亲准备禀告神明

2019年入冬前的一天
梦里有人已经泣不成声
是雨水冲洗了他的脸
仰望老家的屋檐
俯视秋后的蚱蜢
面对规律双手合一
发宝气　发梦症
公鸡一般打鸣
把失眠的眼睛睁得通红
看到了天
马上就要放光
在村庄上方
朝阳势不可挡

这是一个冬天的早晨

紧闭的大门和张开的窗

逐渐被涂上光芒

不打折扣不会转变

尽管时节依然寒冷

好在先知的诗人

一夜梦游

他喃喃自语

在上一个路口

预约了春天

我的兄弟小康

在网上叫"天亮了"的一个青年

经历了夜　获得兴奋与清醒

他预言家一般捷足先登

数着日子摸着心跳

和我一道

最早看到了陈年的愿景

七

守望

在春天的入口处

心
情

庚子年正月十五那天
我的心脏差点停止跳动
呼吸困难
脑痛难耐
这一天发生了许多大事
导致我旧病复发
这样的症状已不是一天两天
甚至一年两年
我不是新冠肺炎
我是忧虑综合征

晚上
看到月亮
掉进家门口的池塘

看到

仰天俯地的两粒元宵

像我的两只眼睛

如此夺目

我决心用热泪煮熟它

送给你

送给身边所有人

元宵不是药

救不了人

你们的盲目与遗忘也无需治疗

你们四肢发达几十年如一日地把痛苦过成幸福

你们没有病

是我

已病入膏肓

此刻用余光扫了扫

看见

你们回光返照般

在抓紧最后一天

欢度新春

对
比

痛苦

不在于死亡

在于走向死亡的恐慌

不在于对未知的迷茫

在于知道太多后的绝望

不在于失眠

在于假寐

不在于所有人都醉了

在于你一个人还醒着

不在于被伤害

在于比结疤来得更快的忘却

幸福

在于一个懂得幸福的人

与一些向往幸福的人
寻找幸福的进程
在于虽然也许最终
并没有得到多少幸福
但的确感受到十分幸福的内心

乐观
在于相信起死回生
相信一条道走到黑的尽头会有光明
在于竹篮打水一场空时
你依然微笑面对
在于尊重故事的结尾
你明白事与愿违
即便再无反转的机会
也坦然接受

坚持
在于珍惜后的放弃
在于努力后的转身
在于风雨雷电扑来时

你毅然决然的逆行

在于众叛亲离的唾骂声响起

你早已身心俱健地再次启程

真情

在于我此刻冷峻的眼睛

看清了经历了悟透了放下了事实与真相

依然对世界和人生充满温馨

在于这个冰冷的季节

我用不再颤栗的手

鼓足信心怀抱悲欢

专门为你写下这首诗篇

并用我的乡音

在心底

在心底为你

毫无节制地高声歌唱

寻找春天的入口

起初

没有人在意冬天

习惯于春天自然来临

直到寒冷漫长地浸泡了每一个人麻木的神经

——题记

相信时间写成的历史

相信天意与偶然反转的奇迹

终于做一回痛苦的自己

摸摸心还在血脉中涌动

掐指一算

立春不是过了吗

春天在哪里

怎么到处还在下雪

这问题不断萦绕

痛苦如影随行无法解答

几乎所有人都早已失去分辨和知觉

只是这一回轮到了你

从开始的第一片雪

到后来的整座雪山

把你逼近悬崖

我遥远地看到延时的真相

在众多具体事实中碾碎随风

大时代吹落的一片雪花

如今偶然间砸中你的脑门

让你在承担中有所清醒

让你在翘首以待中受了惊

尽管你的呼吸依然畅通

这些雪

曾经覆盖了阴影

现在它不经意间被暴露

把你残存的幻想撕开

感谢雪崩

让你趁早拥有了绝望和决心

让你不必为自己的委屈

再去寻找无辜的理由

感谢对面走过来的知音

他双泪成河

告诉你逝者如斯夫

他还说

没有一个冬天不可逾越

没有一个春天不曾到来

我就知道他要这么说

这是你的挚爱亲朋

或许就是记忆中的你本人

这样的认知多么熟悉

你无聊又无奈　矛盾而侥幸

用自然规律偷换历史经验

习惯了沉默和忘记

你注定面临选择的艰辛

饮酒　麻木神经

或者大声歌颂

雪下在江河

雷打在耳边

很快就形容消遁

忘记伤痛比伤口的愈合还快

病毒一样蔓延的真理

帮助你随时失去记忆

你好像那打了鸡血的斗士

我对你

爱得沉重悲壮

恨得五劳七伤

天气预报说还有大风降温

今天已经下了暴雪与冰雹

明天还能怎样

既然季节已原形毕露

不如索性取下冻结的伪装

重新用眼睛打量

真实地面对这个世界

在心灵的通道里瞭望

英雄与凡夫有什么不同

"狭路相逢宜转身

你我都是暂时人"

洞察人生的意义

活着只是一个过程

往前走吧

带着大量的悲哀和小小的欢乐

搜罗起人性的道德与良知

养成独立的思考能力

学会像自主呼吸一样感恩和憎恨

不再在背影里留连

从今夜开始

做自己的主人

说服老人爱人孩子

在入睡前开始清醒

不再期待有梦

我不是预言家

我只是心灵故乡的归人

听见那里公鸡已经打鸣

没必要弄清准确时分

我只知道这是天要亮的信号

那里花蕾即将绽放　　笋尖即将破土

谁也阻挡不住的风漫过头顶

我转过身

背对冬天起誓

举起拳头

像我的老乡谭嗣同先生一样

拎出血脉中涌动的灵魂

面对善良的丑陋的英勇的懦弱的所有人

提高100分贝大声呐喊

春天在哪里

你在干什么

春天

在动荡的心里

在起伏的路上

在被冰雪擦亮的眼中

你我向前走

通往春天的大路

一直都在

请不要错过每一个入口

自主呼吸

这一刻天空纯粹湛蓝
像对待雨水和阳光一样
氧气经过转换特别新鲜
绿色的叶片　黄色的花朵
给我一种自然的动力

我奔跑　我工作　我生活
我承受来自各方面的苦乐
我看到舒展的鲜活
光合作用在视网膜上跳跃缤纷
通过吸收获取动能
浇灌日常的生活
卑微或者强大的生命

光阴的故事一茬接一茬

一呼一吸

看似简单并不引人注意

自觉而坚定

就像我随意走来走去

在每个十字路口

都不让人察觉

得到感动感悟

学会金鸡般独立

学会长记性

成熟而老练

像操作农活与家务

像写诗与谈情

这些平凡岁月中的课程

帮助我长大成人

如果哪一天我死去

那是大脑指挥系统出了问题

或者溺水或者憋气

或者是得了时下的新冠肺炎

别说不相信

面对时间写成的历史

一切都可能发生

我由此得出结论

肺要长在自己的心腔里

肺要接受大脑的指挥

像饭碗要牢牢端在自己手里

自主呼吸

逐渐成了我活着的全部含义

预言

阳春三月
注视风声雨滴
留意梦里的足音
蜂蝶停留的枝头
驻扎着去年的冬季

你的苦与痛
你的冤与屈
你一切未曾言说的沉默
保持着克制与风度
隐忍了坚贞不屈的理由

你盼望着光
照亮埋在心里的种子

这些善良的愿望马上兑现
在一个极度绝望的时刻
一个非常偶然的拐角
破土而出
成为石头底下夹缝之间的根茎

向着阳光生发
接近真理的天际
别人关上的那扇门
成为你手中推开的这扇窗
外面的风景没有不同

历史窗台上
尘埃被翻飞
改变不可避免
时间在更替
硬硬的心血管
远离平庸的游戏

发誓做一个优秀的自己

注定孤独

依然热爱生活

有信心有把握

你

终将主宰这人世间的奇迹

顶风冒雨逆行

迎接反转的天意

春天在哪里安放

春天在哪里
春天在内心里

冬天在哪里
冬天是眼睛里必经的风景

眼睛看到
冬天已经过去
心里知道
它还会在轮替中回来

无所畏
如果冬天不曾离开
在心灵故乡的美好时光
我早已谋篇布局
把春天彻底安放

六月一日的光线

向着光线的方向

奔腾

心在成长

情在汇集

我看到六月的光线

涂满大地

让所有人再一次

看见理想鼓动奇迹

决定向出发敬礼

为明天奠基

昨夜我梦到六月万山红遍

今天我睁眼对比与现实的距离

我在万水千山的跋涉中归来
仰望父亲的坟茔杂草繁茂
眺望母亲眼眸里白发翩翩
与妻儿的手握在一起
依然最具温暖和力

六月的光线
如此生生不息暗藏玄机
让我坚硬的心逐渐柔软
又在润物无声的芽尖上
看到朝晖尽染的写意
那一刻
我明白季节循环的道理
与向前行走的意义

这些平凡的光线
上亿光年前从太阳出发
在我的过去与前方交叉口抵达
向前走吧
顺着光线

走过黑黑的昨天
仍然相信明天

今天清晨六点
在行进的光线里
我把儿子送到学校门口
开学了
想象他奔跑背影的前面
那一张绽放如花开的脸
这一刻
我做好了准备与决定
和这个少年一起
把右手举过六月的光线
从这个路口向前
挺
进
春
天

早晨的琥珀

一粒时间中的灰尘
从遥远中飘过来
与风雨搅拌
折断了松柏枝条
扑向我
我很早很早起来
知道它注定要来
我坦然平静等待
它在我的窗户外凝结

感谢窗户
让我与它保持了距离
让我目睹并看透了它的幽灵

一堵墙形的琥珀

让整个天空暗了下来

惊雷无法阻止它板结凝固

我在黑暗中沉默

用手数着心跳

闪电在一刹那把它照亮

我看到

这个时光中的精英

走在时光最前沿的预言神

在墙的底部彻底死亡

凶手是雷是雨　还是灰尘

我一一辨别

立刻心知肚明

我伤心决绝

在没有尽头的时间之后

不知是过了多少年

也许是几千万几亿年

就在我的人生下半程

看到公鸡朝我惨然一笑

她回光返照

暗示了我收藏的心迹

尘封的往事在史书上起伏

终于在墙内定格

成为我手心上冷静的化石

至今已无所谓悲喜

趋吉避凶镇宅安宁

代表了中国特殊的文化

成全了代价无比高昂的祝福

我把玩着它

目光在几千万几亿年之后飞旋

风已无踪

雷已无踪

闪电已无踪

唯有这个早晨的雨水

奔涌出击

从公鸡的泪腺中

流成一条远去的河床

如此的汹涌又澎湃

那些久违的被忘记的过去与被掩盖的真实

在墙的正反方

试图或曾经冲刷过一片汪洋

我把琥珀交给儿子

认真告诉他

明天是六一

但节日已不属于你

你应该长大

早晨的风雨雷电

把你惊醒

你知道目的地和彩虹下的方向

快趁早出发

这一方琥珀

是时间为过去与未来的你准备的

最后且最好的儿童节礼物

向上
生长的
叶子

向上生长的叶子
攀爬在青春年华的光景
她挺进　她蔓延
在我的眼睛中伫立

我注视这些奋斗的生命
在岁月与时代的变迁中
努力的姿容
她们不容易
她们很珍惜
她们的梦凝固或者飞翔
都不由自主

我痴人说话

眼睛向下

心在天际

我知道

生活没有停顿

生命早就重启

灯光下的熏蚊草

此刻
他在灯光下
在我的视线下
蓬勃伸展
绿得耀眼
所有的根茎
深深浅浅

那些沟壑与纹理
让我回忆起
自己走过的路
我看到了经历的从前

是他
与我一同
把蚊虫赶跑
我终于记起

致敬时间

远离高谈阔论

规避是是非非

放下杂七杂八鸡毛蒜皮

回到一亩三分自留田地

用一袋叶子烟或一壶谷酒的工夫

捏住鼻子屏住呼吸

潜伏到生活底层

泥巴一般朴实

趴成一粒种子的雏形

所有的喧嚣都散了工

当初就是从这里出发

在土壤与雨水里

破土萌芽

见到阳光

一茬茬庄稼

在花朵和果实的幻梦里长大

今天回到这里

心在澄清中恢复纯真

像一杯水浇在头顶

倾落到根部

润物无声

母亲在堂屋里念经

她的祈愿十分灵

鼓励我直面轮回的悲喜

想起父亲离世时的光景

回光返照中他多么坦然淡定

妻子儿子和亲人们在田里劳动

个个都很卖力

时间铺垫的过程

漫长的痛苦短暂的欢欣

田野上杂草没过头顶

罕见的收成初步来临
一颗红薯般健硕的脸
笼罩时间描写的家园
熙熙攘攘
来来往往
为了什么
收获什么
我与众不同
此刻我两手空空

我捧起记忆
把每个细节认真打量
一一对照
得出结论

时间是最好的证人
存在于公正道义之上
时间冷峻无情
历史由他写成
昨天的意义与今天的责任
即便迟到也不差毫分

明天依然就要来临

我在时间中

夹述夹议

谈笑风生

忘记了急难险重

得到了恬淡轻松

丢弃了功名利禄

收获了自在安心

致敬时间

是我阐述的主题

经历过

拥有沉醉与清醒

有十万个理由

继续活下去

有的是时间

所以不急

一百八十度的目光

毅然决然转过身
泪水浸润了堤防
决心要离开
是时候了
不再彷徨

为了
在更宽的角度
与更高的视野中
倾心回望

终于看清了真相
没有责难谁
从不怨恨谁

继续从容上路

放过自己

放过所有人

从屋檐下捡起识字书本

目光翻到新的部分

用心聆听和朗读

继续热爱生活

尽量关注更多事情

牛一样咀嚼过往的功课

塑造善良隐忍

学会狗一般知足感恩

对于那些喊不醒的

暂时失去知觉的人

发现优点忽略缺陷

继续保持耐心

静心守候　投以悲悯

依然炯炯有神

明亮通透

与你的手握在一起

惺惺相惜　神采奕奕

向前看

眺望春天

六月不是看禾时

专注下一季

目光从不斜视

直面走过来的人

在狭窄的巷道里

或是洞口前相逢

不隐身不撤回

即便倒下

也匍匐前进

目光看见

光明在前

活着的生灵

成群的矩阵

被时间牵引

蜂蝶翩翩结队萦绕

万丈风情普照的土地春风吹又生
我的目光扶摇直上
渐次看见
所有的转身
生生不息
都达成了更好的前行

人生

以前
奔驰在诗与远方

以后
退守到酒与故乡

今天
答谢诗中远方

明天
端起酒里故乡

今天
适合
扮禾

延续一个月的阴雨结束了

我在城里

想象欣喜的村庄

镇上宋强书记和胡浪镇长告诉我他们今天

松了口气

指导扮禾

顺道看望百岁老人

喇叭里一再发布今年丰收已成定局的喜讯

我早已关注阳光

关注生命

关注发芽的往事

关注父老乡亲

因成熟而透顶的

因萌发而溃败的

谷粒

或是诗歌

为此着急忧郁

扮禾　收割

机器轰鸣

站立着的善良在霉变

心事在倒伏中被强奸

你我都看见

事实上的秋天

成熟未必意味丰收

萌芽的不是希望

甚至是灾难

令人扼腕

无法呼吸

心痛在传染

绝大多数世界的冬天快要来了

而我

多么像一只鸟

只是在春天丛林中飞跃

或是路过

这片热望过的故土和人群

发现不经意的寓言

与你风一样擦肩而过

秋天的光景

下午三点半

叶子落了下来

半空中的灵魂

在翻飞中撞击

我的眼睛我的心跳

这一场邂逅

将久违的世事勾连

风中

呈现的过往

人与事

浮云一般涌过来荡过去

刀锋已钝

有力无心

我一闪念中

世上又消失了一天

又一月

又一季

又一年

又一生

你来得正是时候

无所谓悲喜

裂
缝

多少年过去
地老天荒
直到阳光上端被灰尘覆盖
裂缝
仍在我心口上留存

那是我飞翔时留下的影子
是面对土地的一腔深情

我无法跨越鸿沟
泛滥的思潮
嵌入曾经的愤怒悲伤与善良
欢欣被苦痛淹没

安慰与诱惑遥远地对应

不是与自己过不去

不是不能放过别人

不为恨保存记忆

只为爱指点迷津

如果能启发你

和我一道找到更理想的美好

当第一束光

照进尾声与序曲之间

起程春天

立冬的那天

门前十字路口上

形形色色的人乌鸦一样聚集

我神经绷紧

四肢麻木

面对他们

沉默无言

看到冬天的伤口

向飘零的树叶上撒盐

我见识的一段段生活

正爬上西北风口眺望

发现时间旗帜般不停地延展

悲哀完全覆盖了季节的经纬线

不辨东西南北
无知四时八节
唯有冬天来了
枝丫横行在大街上
戳中风雨中前行的脸

今天从这个路口往西
回想起过去的誓言
青春已了无踪迹
自己置身在哪里
我迷失在悲剧的戏台
神经病一般地嬉戏
我剥开一则则寓言
揭露伪装后的真相
我已经前进了多少个节气
在孤独沉静中轮回多少年
花开的种子
结果的雨露
祝福的土地
我的心里

我的脚印里
理想从未缺席

跨越立冬的路口
一个箭步
向现实挺进
立冬让我看到信心
仰望天空贴近大地
人生在拐弯处转型
脚步只为头颅停顿
继续
为努力而珍惜
为宽容而等待
在原谅中和解
用无可置疑的勇气
为过去书写挽歌
收拾起泪水
在祭奠中起程

下个目的地
春天

久违的心愿

不变的追寻

新的剧情在拳头中开演

敲锣又打鼓

那是一万遍的铮铮真理

在无所畏惧的手心上

篆刻历史的回音

陪妻子去看银杏叶

季节的叶子翻到今天
请帖如期送达
一场美妙的旅行
自千年前开始筹备

北京海淀　胡同深处
蕴藏故事的五塔寺
两棵或是无数棵
准备好了

有关光阴
有关爱情
有关人生
这片在脚步中留连的土地

孕育了静好的经典

苍穹中树干托起

教科书一样卓越不凡的丰姿

属于每一个有缘人

属于每一段真情与人生

所有经历与收获

都交相辉映

平分秋色

瞧瞧

那些不朽的诺言

那些奋斗过后的理想

被阳光和情感镀亮

成色依然十分好

庄严而珍贵

依然自信善良乐观笃定

依然热爱生活没有畏惧

我凝神静气打量你

像当年初恋一样地抚摸

我的呼吸风儿一样吹过你的头顶

此刻金色的暖阳一泻千里

冲积出广阔平原　那里

百草丰茂

牛羊成群

孩子们迎着光线奔腾如马匹

父亲的身影呈现山一般的力

母亲的笑脸映照在天边

为此我久久倾情不能平静

也体会到你

天地间最佳的观众与主演

和我共同见证演绎

如此精美绝伦

配合枝头深处的脉动

做深呼吸

如此纯净动人

相约并肩携手

随便从哪棵树干进入

途经的任何一个叶片

都让我

回到从前那些春天的明艳

都让我遇见未来最好的你

并衷心感慨当下这个叫雪儿的姑娘

多么飘逸灵动优异

绝对是最好的那一片

在我眼中在我心中在我手中

生生不息

为了一千年前的约会

我陪你去看银杏叶

最美的风景

好戏在后头

看你

应当就在今天

梦魇

史书上最大的暴雨

在天亮前

随狂风席卷

驱赶了我黎明前的睡眠

梦乡里的记忆已经苏醒

忧伤的泪已流成河

眼睛所向

起伏汪洋

在我四方形的床头

漂流

头顶明月

惊涛骇浪

幸运的方舟上竖着我一度被遮挡的眼

我绕过歪曲的事实

笔直看到正前方

浮云聚合的恐怖

还有春花怒放的脸

我拿捏着心跳向前去

没有害怕　无所谓悲喜

梦见王阳明先生在低吟浅唱

子曰:时也命也

诗云:君子不立危墙之下

我在梦中醒来

将梦中的境遇还原

转换成诗人的启迪

我为时间圆梦

像背诵一则寓言

张口就来

堪为天意

风
声

伴随风声回去
季节性的风口上
鸟儿鸣唱
柳绿花红
风儿吹过眉心
打湿了我全身
我的呼吸
在日渐走低

风声是记忆
呈现中式特点
知音频现
迈开古老的脚步
唤醒温情

良心完好

正义仍存

我笑看誓言

如一堆旧账本

乐观真挚地弯下腰

扶起一株草叶

闻到残余的稻香

拾起一根枝丫

目睹变幻的年轮

那些悲哀与惊喜

以及涂抹在时间节拍上的分合别离

来了去了

一浪一浪起伏高低

领会岁月沉淀的缘

如脚印深深浅浅

对着家门口的溪水

擦洗起双手与脚上的茧

拆除陈年一圈圈包扎的底线

兑现承诺为誓言打上手印

风声陆续抵达

是迟到的预谋

在指纹的刻度上对比

没有留恋　没有怨气

不再迎合　不再隐忍

抚摸风声中

无声的伤痕

无愧无悔

放下风声中

蜚短与流长

一声叹息无关鹤唳

风声不是谣言

它只是谣言的证人

我迎上前

倾听中辨别

从而找到了

会下雨的那片云

风声与我灵魂附体

让我从此高昂起无畏的脸

搭在心脏中央的戏台

绚丽辉煌的演出
以寂寞作补偿
壮美卓越的人生
用苦痛来买单

————题记

在久别重逢的乡间
贺石桥　群英河　四脚山　黄塘
或是每一条出入村庄的路上
所有道路血管般直涌心脏
观众葵花一般向戏台张望

我走进这辽阔的天地
许多年来头一回

向亲人们拱手作揖

顺便回到流光溢彩的青春

回到内心深处的家里

和动植物合体共生

在菖蒲艾草或是鸡狗鱼虫身边

捡起一捆捆禾线

拾掇生活遗留的惊喜

在一柱炊烟上升的时空

像一只鸟飞跃树林

疲倦而深情

在霞光里与蜜蜂钻进油菜花根部

发现泥土芬芳

发现长眠地下的父亲

像还活着

他的角色早已完结

在戏的前节达到过高潮

风在吹

敏感的细节

从嫩芽萌生到叶落知秋

其间寒暑易节

至今溅洒一地

让我不得不

对照剧本

查找与现实的距离

一日三餐后

我按时用简单的方步踱过

像是跨越了好多世纪

和几千年的睡意

回忆让血脉澎湃的往事

秋阳箭一般直射过来

我无处可逃

谁入戏太深

谁遍体鳞伤

人见人爱的乡下咸鱼腊肉

接受刀口抹盐烟熏火燎的考验

好戏在冷暖炎凉之间

苗青了叶黄了　人出生人离世

情怀或劫难

冲突与舒缓

因为过程

组合沿途的风景

流过泪　出过汗

汇成外流河

耕田读书写诗

插田扮禾喂猪种菜搞碗饭吃

孝老爱亲结婚生衍儿多热闹

朴实无华的道德成全家风伦理

出发的人回来了

发觉秋收后的镰刀把把铮亮

风车扮桶篾丝箩筐

装下年景收成

装点古铜色的面容

谁都比我幸福开心

我祝福乡亲

希望他们过得好

只是琢磨自己的矛盾

仰望天空　没有掉馅饼

俯视地上　处处是陷阱

这是谁的过错与伤心

有无反转

尊重开头、高潮和结尾

适应悲剧、喜剧与正剧

心脏中央的戏台

演得癫狂　看得愚痴

现实一再逼近

此刻　听到金属的乐点炸响

重打锣鼓新开张

湘剧花鼓戏还是影子戏

飘逸灵动有吸引力

化过妆的脸

引导我向前

看到相似的你们

期待　仍然有市场

乐观的道具

戏里戏外交叉并进

在绝对多数的悲情

与所剩无几的笑料中

再次重逢　　决定

握手鼓掌　拥抱你们

站成树、鸟或一块布景

和你们在一起

跟随戏台与时间延伸

下一出

锣鼓喧天　公鸡打鸣

又一个早晨

报幕的人

很像我的母亲

正喊我的乳名

听见　她说

是时候

该我上台

丰收的菜园及其他

小雪这一天
北京寒冷彻骨
比自然界规律更严重
昨天大雪飘飞绽放花儿朵朵

第一场雪提醒我
我光着身子、眼睛、手和脚
光着比躯体更重要的灵魂
收获了白菜、萝卜与葫芦
残余的几十个红色尖辣椒
像烟花一样向我吐出最后的火焰
不禁顿生爱怜与敬意
注意到这些生命中的老朋友
与世态情形

多么忠诚顽强而尽职
多么无奈而坚强

向上生长的叶子枝藤
曾弥漫长空
与我一道共度时光
绿色的大潮澎湃多少悲喜

无数个春夏秋冬及24个节气
贯穿更多平淡无奇
在希望与幻灭中共生
在风中兼程　在雨中携手
如今奋斗的轨迹垒积成诗篇
在一个季节的尾巴上
闪耀无言
无意中照亮了天空大地与路

有的人在夜里永远离开
距黎明的光线只差一毫米
有的人走在通往死亡的路上

昂头挺身果敢决绝

善良隐忍成就最后的绝响

在南城中最后的菜园

趁着拆迁前

种下

赶在冰冻前

抢收

我细看这些瓜果的奥秘

在耕耘与收获的逻辑之外

于是用写诗的方法调研论述

伟大的现实

揭开一些生命的序曲与尾声

摊开脚下的疤痕

冬天谁在瑟瑟发抖

谁抑郁失眠

谁踏实而宁静

悠然无怨

明天

后天

过些天

季风回溯

春光明媚

我的请柬在老朋友好兄弟手中传递

大地像燕子一样在加速度中回归

在南城菜园聚聚

到时把今天的故事回眸

面对土壤之上的光明

脚印底下的裂纹

萌生感动和泪

那是太阳直射下身段的投影

是动植物腰杆挺直与思维正常的明证

我知道

那时候

我们都像萝卜白菜般年轻苗壮

强健有劲

目光犀利

洞穿时光的前世与今生
握着手中的风向标
气度宽厚　笑意深沉

我早就谋划　今天
小雪
我那智慧超凡的其凤校长生日
带上酒菜
靠近温暖的中心
向阳光出发
一定在沉醉后
继续保持清醒

这更像一首诗
一个诗人的生活

我有
让人放心的
智慧

拿起来

感到沉重

拼尽全力

放下去

用手推开灰尘

像横扫千军

对过去闭口不提

看到夜里的红外线

昙花一现

不做无用功

回到长时间孤独里
守口如瓶

沉默是一种态度
让人放心
让自己开心
难能可贵
是一种智慧
罕有的风度

寻找温暖

汤兄今天一大早去天涯海角
下决心寻找太阳
他认定自己很冷
他认为那里的温度
会高一些

我打开黑暗中关闭已久的柴门
遥遥为他送行

之后
我平静地呼吸
在心底四处张望

那些很久以前的往事

促使我沿着自己的脚印

往回走

上床睡个回笼觉

盖上厚重的被子

开始做梦

接受政旗兄的请帖

兄弟们围坐一堂

文昌伟群王阳刘立泽林蔡峰海潮伟强阿莲

好多张炉火纯青的脸

不禁让人眼前一亮

握手拥抱

喝酒大醉

摸着心脏跳舞

诵诗唱歌

一朵朵无数朵盛开的云飘逸

这些人类中的精灵

不幸中的万幸

在高低起伏的路上

在久违的天空

擦洗了本真的颜容

绽放

雪花注定

簇拥在人迹罕至的地方

美妙生动

有心有缘有情的段落

似处女的情怀为我独享后

被越来越多的人知晓和感动

温暖油然而生而且开始汇流奔涌

这让我重新相信

美好的事情即将发生

也许时刻在发生

只是有时隐藏很深

关于爱意

关于心情

善良与道义

都会在冬季的中央点亮

透明的房子灯火辉煌

在大雪的映射下更加炯炯有神

温暖

使温度节节高升

汤兄

寻找温暖

何必跑那么远

我仰望，高原上的高峰

*沉痛悼念余合泉大叔

此刻为您写下一首诗
不久前我请您看过好多首
这一回轮到最痛苦的主题
此刻我为您感动而伤神

眼前是您走向高原的身影
走向援藏的宏图
艰苦的岁月
光荣的使命

在雅鲁藏布江畔
在念青唐古拉山口
您的形象一开始并不很高大
矮小的个子

因高原而挺拔
瘦弱的身板
因高原而伟岸
我的余叔
三千里征程开启使命
八载年华记录初心

这是您的高原
芙蓉花开了又开
格桑花红了又红
西藏与湖湘
两朵花一样的芬芳
青春与高原源头的血脉相逢
理想在心灵深处的大地耕耘

追梦的藏族同胞
随您乘风破浪　风雨兼程
收获多少真心真情
很多年后
我从您脸上的皱纹、血丝和肤色中

轻而易举找到那众多明证

您是高原上的高峰

令我的眼睛垂直向上攀升

仰望

那些您与百姓心手相连、共同呼吸的故事

何等庄严神圣

那些您寻常生活中的点滴

比方说有时候您喝些小酒

在藏歌中跳舞

把高原情怀表达在星沙大地

我常常在不同场景与同一种激越中

感知到您从没有离开过那里

那是自然流露平易亲近

那是坚持不懈开拓奋进

我的余叔

保持定力头脑清醒

幽默智慧乐观开心

总理评价

"你原来也这么优秀！"

群众说

"老革命有伟人的身材与气魄！"

我晓得

您的高度

至少四千零一点六五米

因为四千米唐古拉山垫底

我的余叔

站在历史的时空

立在岁月的天地

您永远奔驰在高远的高原

那是远行者辽阔的家园

那里山色苍劲潮头风起

今夜

——雅鲁藏布江的水流过来了

那是我怀念的眼泪

——唐古拉山峰巍峨屹立

正是您永远站在我心里

发现江河的奥秘

*为汨罗江而歌

在鱼的眼泪里

汇合时间的水

流成一条长河

汨罗江与千百条中国的长江

气质十分相像

今天当我沿着这伟岸而雄浑的曲线

顺着岁月沉淀的记忆

纵观波澜壮阔

回首起伏的家国田园

仰望浸泡在历史中的天空

汨罗江

将一代又一代人的血脉

与生命

衣食和庄稼
适时浇灌

不禁思虑活着的理由
寻找行走中脊柱的形状
感到在我的睫毛之下
不经意间散落一地基因
遗传密码
和英雄的真谛
眼看着河床堆积抬高
五千年甚至几万年
在屈原投江的前前后后
促成风吹雨击中的一道转弯
又转弯
孕育了无始无尽里的一次出发
再出发

高歌中的进退与艰苦中的选择
透彻衷肠倾诉多少真情
乡亲们以同胞的身份

相互扶持亘古不变的神经面孔

观看了屈原的葬礼

从此酝酿了一种中国五月的神灵古曲

在希望与悲壮里

打造苦难和辉煌

搜罗道德情仇和家国使命

摇旗呐喊跌跌撞撞

千舟竞渡走向远方

澎湃的水

直接溅湿了历史课本上方

我的心腔

当我眼睛开始流血的时候

我知道自己已经进入了这一条生命浇灌的长江

我进入其中的时候

十分思念过去的自己

于是像鱼儿一样溯源回到心灵故乡

从时间的上游

到眼睛的中央

在一朵浪花的顶端和谷底

表情专注

看到潮流里寓言的神奇

规律的曼妙

宿命的庄严

区区几个字的传说

一叹三叠

我在浪花的心房守望

渐进中的九歌

循环中的离骚

剧本摊开在河床

流动的舞台上

勃起的悠扬

重打锣鼓新开场

老乡屈原

作为看客或者主演群演

和我一起

台上台下

风骚漫卷

人物性格故事命运

浑然一体

慷慨激昂的演绎

角色如此逼真

入戏太深

在低吟浅唱中

艾香蟹黄

太阳已经升起

一束追光贯穿河道四面八方

照亮戏曲的中央

在离愁别恨中转身

一时间忘记

我是谁

在哪里

干什么

去何方

汨罗江，浪花中的故事会

江水从长乐走向远方
一往无前不曾停顿

在一场薄雾中心
故乡的亲人纷纷聚集
将锣鼓的旋律反复演练
故事会延续千年
敲敲打打
踩着高跷行进的人生
演绎了更高远的风景

余音绕着波浪
在祖先的江山与视野中跳跃
草香茂盛

花鸟成群
人物与情节
巧妙合成

无数人的故事
从古老的居所出门
放舟江上　随波逐流
在往事与现实中穿行
个别人逆流而上
晚霞昙花一现
照亮他们势单力薄的背影
失落或成功
都无所谓悲喜

我在拐弯的河道上方
亲见屈原高举的模样
看清了更大的世界
蘸着浪花沉静孤独的眼睛
赶在下一个浪潮到达前
看到波峰与波谷的距离

汨罗江上的故事会

在波涛中衍生

在流动中传承

每一朵浪花都极具智慧

故事正开始

往事不要再提

浪花开开谢谢

往前走

每一段

都值得爱怜

从汨罗江出发归来

集中三天时间
在昨夜的汨罗江中醒来
舒眉眺望
头脑上方的江水
太阳一样荡漾
波光中向往前行
风吹动九歌意象

昨夜故国往事
伴江心渔火蓬勃闪烁
星点残月
点燃祭奠的诗笺
我们决心最后一次伤怀
最近一次蓄势待发
为屈原点灯守灵
不经意间照亮了自己下一段航程

天地间这诗酒源头

蓝墨水的故乡

总是用流淌的方式

吟诵历史

书写光阴

悟透奔腾的思想

从地老天荒

到芸芸众生

繁衍与耕耘

物质与精神

成长与轮回

都直逼心灵

时间呈现最好的拷问

我已习惯被打动

这回更加倾情

泪水滴进血脉

溅起阵阵回声

我与江水同行

多少回醉于夜梦

将思考与求索的责任

逐渐整理融会贯通

太阳升起一面面旗帜

屈原伟大的身影迎风招展

让我与鱼儿虾儿鸭子水鸟水草一样

暗渡万古江河　向上向前张望

从即刻的倒影溯源

品味水中昨日　岸畔苇香

已经无法分辨

哪是我的血管

哪是汨罗江的河床

在诗酒田园重逢

几万里路　几千年月

在诗歌的天空下集结

不再出离愤怒

不再愁肠百结

带着河流奔跑的节拍

带着河流包容的经验

带着河流坚持的温度

静水流深波澜不惊

以昨夜为终点

故国神游

以今天为起点

经世致用

抽思与怀沙

在波浪涌流中安放

孤独而高尚的信心

汨罗江以水为旗

引领我的血液

把朝阳染红

在折射的光辉中

另一个自己被发现　只见

鼓点如潮　号角阵阵

在仪式的后面

在诗意的中央

鸟儿飞向旧林

鱼儿游回故渊

身心再次出发

魂兮正在归来

第一场雪的光芒

我乘坐一朵雪花

今天赶早回来

看到沿途的风景

比过去更加生动

注意到每一个六边形的光芒上

都供着神一样近距离存在的春天

照亮了通往任何方向的路程

我降落下来

在四平八稳的家园

注目展望这些生命中相伴的精英和知己

明白

这是寒冷里最后的一季

是温暖中最早的一生

新年好

新一年的生活

已经安排就绪

在故乡

和公鸡一道打鸣

鸟儿跳跃在竹林

七八只狗在阳光中奔跑

及时通风报信

远亲近邻来了

一起看花骨朵绽放

一起谈论生产与收成

故事平凡而又很生动

自然而然

表明态度

决定响应母亲的祝福

戒酒　生子

读书　写诗

记录每一次悲喜

对于

开花结果的喜讯

发一条亲友圈

在众多思念中

享受孤独

向远方挥手

毫无迟疑

眺望晨曦

不经意间

看见

春天

不是漂泊天涯，就是回到故乡

一

与永强相识相交相知是我生命中值得书写的一件大事。最近，永强结合现时的体验，对生活和生命进行了深入反思，在回归心灵故乡的进程中，重拾写诗之笔，一口气写下了百多首诗篇。深夜，我细细读来，如品茗茶，心生感慨。

永强年少成名，春风得意。上世纪八九十年代，那是我们校园诗人的高光岁月。我们白衣飘飘、留着长发、喝酒写诗，一起追过梦中的女孩。那时，他在宁乡的贺石桥，我在祁阳的挂榜山，我们频频通信。而第一次相见，已到1992年的秋天。当时，我们都在东北求学，我在沈阳，他在长春。那天，他坐火车过来看

我，我们相约在沈阳火车站出站口碰面。我一眼就认出
了他——面容清瘦，背着一个双肩包，手里提着用绳子
捆在一起的四瓶啤酒。我箭步向前，想接过啤酒。他摆
摆手说，"不用"。我不肯。推来让去中，"哐当"一
声酒瓶掉在地上，洒洒了一地。我一愣，不知道说什么
好。永强说，"我找你喝酒来了"。我望着一地狼藉，
叹了口气说，"可惜"。他笑了笑，"岁岁平安，这是
我对你最好的祝福"！他的淡定和豁达，让我吃惊。

　　来而不往非礼也。永强来看我，我送他回去。一
送，送到了长春。在吉林大学中文系宿舍一张逼仄的床
上，我们挤睡在一起，一挤，挤了一星期。眼看着他一
个月的口粮被我消灭殆尽，我只好依依不舍而去。

　　日后证明，那次初见，摔碎的是酒瓶，摔不碎的是
我们永恒的情谊。

二

　　宁乡，安宁之乡。永强是个有梦想的人，也是个幸
运的人。当年，他的文学才华没有被世俗的浪潮淹没。
一位爱才惜才的首长慧眼识珠，把他推荐到吉林大学，
他被破格录取。

我大学毕业后，到了长沙，在一家中央报社驻湖南省记者站当了一名记者，听说他分配到了中央电视台。那时，没有手机和互联网，我们一下子失去了联系。直到1999年秋，我回报社总部北京工作，和永强又走到一起了。

　　我依然记得那次重逢的情景。到北京后，我居无定所，举目无亲。来之前，我通过朋友找到了永强办公室的电话号码，但心里一直忐忑着要不要打过去。听说，他在央视《新闻联播》栏目混得风生水起，三十年河东三十年河西，他是否还记得当年的少年诗友？

　　那天，难得的好天气，温暖的阳光晒在身上，非常舒服。我的运气很好，电话一打过去就找到了永强。当我报上名字时，永强在那头特别激动。他质问，"兄弟，我找你找得好苦啊，你怎么现在才找我"？永强随即问我现在哪里，我如实相告。他说，"你在那里等我吧，我过来找你"。

　　我知道他一定会来，于是在办公室静静地等。黄昏时分，他过来了，满头大汗，身后跟着一位优雅端庄的女孩。我们拥抱之后，他介绍说，这是他的学妹，他的女友（后来，成了他的妻子），叫王雪。永强大学四年，不仅收获了诗歌，还收获了爱情。

后来，永强见我租住的地方太过简陋，干脆把我的行李搬到他家，我们朝夕相处了很长一段时间。那是一生最美的时光。我们谈诗歌、谈梦想、谈人生，谈辽阔的未知与未来。那是一生最珍贵的记忆。

我在这里眺望远方

心中装满憧憬

眼光却总是迟疑

像稻香中瘪瘪的一粒

渴望在灌浆时节创造奇迹

你分明对我说

世界是一本书

这只是第一行

这个以梦为马的少年，在故乡这块沃土上很不安分地眺望远方，然后走出了贺石桥，走向了长春，走向了北京。多少年过去，他历经风霜，终于功成名就后，在千里之外对故乡深情地回望，才懂得：

眺望，是草叶奏响春晖的爱情

是赤脚板敲打大地延展的青春

是牵引血脉深层信息照亮的归程

2003年春，因为水土不服，我从北京回到了"来了就不想走"的长沙。而永强呢，他开始转换岗位，先去了内蒙古的大兴安岭，然后去了吉林的松原、长春，再后来又调回北京。

回到长沙，我离我的老家挂榜山近了，离永强的老家贺石桥也近了。永强是个恋家的人，每年都要回来几次。每次回来他都邀我一同前往贺石桥吃土菜、喝米酒。

永强的老家依山傍水，远峰近山，层层叠叠，错落有致，绿树成荫，瓜果飘香，炊烟袅袅……举目四望，仿佛置身于黄公望笔下的《富春山居图》中。在他的诗里，我总能读出浓浓的故乡情结。

宁乡的山、宁乡的水、宁乡的人文、宁乡的风俗、宁乡的历史……浸泡在他如泣如诉的诗里。他的思乡之心、眷乡之情，仿佛四脚山的挺拔，宛如群英河水的深沉。

一个诗人，不是漂泊天涯，就是回到故乡。永强就是这样的诗人，虽然他常年漂泊在外，但精神却永远屹立在贺石桥这片坚实的大地上。贺石桥，对于永强，就好像瓦尔登湖之于梭罗、呼兰河之于萧红、马桥之于韩少功，无比重要。因为在那里：

我看到炊烟升起

听见他们

一声又一声

喊我的乳名

四

对于诗人来说，没有故乡的灵魂是轻飘的，就仿佛没有线的风筝一般迷失方向。

故乡来自于诗人童年和少年时代的记忆。那些刻骨铭心的生活会逐渐塑成诗人的精神模子，为诗人日后的创作打下坚实基础。而故乡中影响最深远的部分，莫过于父亲。

> 对这个倔强勇猛的灵魂
>
> 渐渐敬若神明
>
> 如今　在想他的时候
>
> 我会仰望他
>
> 他早已与山融为一体
>
> 那根熟悉的背脊
>
> 牛一样背犁的身影
>
> 勾勒出山的全景

读着这首《做牛的父亲》，我的泪水溢满了眼眶。永强用小说家白描的手法，娓娓道来，讲述父亲的故事。他眼中的父亲，不，心中的父亲在诗中复活，读来让人心灵不禁为之颤抖。他写的是自己的父亲，难道不也是在写我们的父亲吗？只有这样"顽强而普通"的父亲才是伟大的父亲，才是社会的砥柱、家族的脊梁。

永强诗歌的语言，简约而不简单，敦厚柔软而又蕴含无穷力量。

五

作为诗人的永强是幸福的。从来诗酒不分家。在北京时，我们常邀三五好友，一碟花生米、一盘小菜下酒。我们常喝的是二锅头，有时候也喝茅台。那是刚发了工资，摸摸口袋，厚实。和我们在一起最多的，是他央视的哥们，比如郎永淳、郭峰、林键、谢宝军；还有我们少年时代的校园诗人，比如邱华栋、洪烛、周瑟瑟。兄弟们大都能喝，像李白一样能喝。到最后，受伤的总是我，当然，还有一个比我更不能喝的周瑟瑟。

多年之后，永强告诉我，不管二锅头还是茅台，都比不上故乡的米酒。永强说想喝米酒的时候，一定是想老家了。

想，就回来了。这是最幸福的事。

一天，永强回长沙，一清早打我电话，要我陪他吃早餐。到了他住的酒店，他却告诉我去另一个地方吃。我纳闷，他所住酒店的早餐是很有名的，莫非还有更好的地方？上了的士才知道，原来他想吃"杨裕兴"的米粉。于是，我们直奔坡子街。吃完，永强说，这才是最正宗的家乡味道啊。

是啊，他"走出水泥钢筋森林"，"看见星斗和萤火虫爬满天空"，回到了梦牵魂绕的故乡。

海德格尔说，故乡是诗人现实的故乡、精神的故乡、记忆的故乡、自然的故乡、诗意的故乡。对于永强，故乡是他心灵的故乡。

知止者智，知返者仁。回到心灵故乡的人是智慧的清醒的诗人。做智慧的诗人难，做清醒的诗人更难，做既智慧又清醒的诗人难上加难。

回到心灵故乡的，不仅仅是人，更是伴人而归的精神与心灵。这，需要勇气，需要情怀。诗人永强回归恰逢其时，堪称幸事。他回到的家，是人类固有的、但曾经迷失的精神家园。现在，他帮助我们重新找到了。

这个回归的过程，因为契合了普遍的命运轨迹和深刻的时代背景，融合了出世与入世的人生伟大命题，并且历经情感动荡与心灵碰撞的检验，所以具有现时和未来的强烈针对性，对广泛的人生都具有宝贵的指导价值。从这个角度上说，永强是这个时代催生的心灵大师。而诗歌，铺就了他成功回归心灵故乡的美妙大道。

深为永强敬重的熊清泉老前辈曾经在病床上脱口而出："永强永强，永远强盛。"借用这样的词句来表达对永强回归的祝福，我想是再贴切不过的了。

永强回来了，回到岳麓山下，回到他曾求学多年的千年学府。在儒释道浸染的山林，永强抚湘水、吻红叶、访麓山古寺、观日升月恒，不觉已流连忘返。此前后，他一连去了四次桃花源，在陶渊明先生的足迹与诗篇里辗转停留。下次去，我想他会带上这本诗集，送给那里的故友与新交。

目的地心灵故乡，我，心向往之，愿与永强一同前行！

2020年10月8日

吴茂盛：著名作家、诗人，中国作家协会会员，湖南省东方诗书画院常务副院长。代表作有长篇小说《驻京办》、诗集《独旅》等。

来自心灵故乡的深沉呐喊

　　诗人永强是我的偶像。上世纪八九十年代，作为校园诗歌运动的代表人物之一的永强，和邱华栋、马萧萧、洪烛、吴茂盛、周瑟瑟等人在诗坛掀起了一场声势浩大的青春风暴，不知道令多少热爱诗歌的少男少女热血沸腾心潮澎湃。而今，他带着诗集《家在心灵故乡》王者归来，让我又一次羡慕嫉妒。

　　读永强的诗，印象最深刻的是淳朴的思想、浓郁的亲情和深入浅出的哲思。在他的诗中，作品的灵魂、主旨和诗人倾注在诗歌中的思考和情绪体现了一种对心灵故乡的追寻，他以呐喊的形式把诗的内核深沉地表现了出来。永强的诗歌不仅内涵丰富，而且题材广泛。他集中表现出对城市生活的反思、对乡情和亲情的回味、对纯真情感的讴歌与赞美，他的创作意识对精神世界有厚重的寻根品质。这部诗集，是他风尘仆仆，远离故乡，经历的每一寸土地上的每一点回味和感悟；是他用心血和汗滴谱成的深沉呐喊，是献给故乡、献给亲人、献给时代的内心独白。每一句、每一段、每一首诗都能深深打动你我的灵魂，让人感慨不已。如《昨夜我走出水泥钢筋森林》：

从欲望的角度出发

抛开细枝末节

扒开枯草烂叶

发现了清晰的脚印

那是希望的田野上

奔跑的年轮

和陷入泥巴里的踊跃根茎

和稻花般铺开的历程

诗人吴茂盛读了他的诗之后感慨道：一个诗人，不是漂泊天涯，就是回到故乡。是啊，诗人永强正是通过诗歌结束漂泊，回到了心灵的故乡。他以冷静而舒缓的笔调，把城市比喻成"水泥钢筋森林"，借助恰切而生动的形象将对故乡农村的情思具体化、形象化，"那是希望的田野上奔跑的年轮"。给人以深刻的印象，让人经久不忘；如同感情的鸣钟清脆和缓地撞击人的心扉，唤起人们对纯真乡村生活的向往。

故乡不在远方，就在心灵深处。如果说诗人的寻根情怀铸就诗歌的魂，而永强的每一首诗是用生命的全部力量写成，那么，他的诗性和敏感度是见微知著的。如《秋风中的一片叶子》，这是一颗能捕捉到"秋天的魂魄"的心，秋风中的每一片叶子其实也是诗人的心灵在飘舞。永强的心永远属于大地母亲，城市的生活只能作为一种"飘舞"的状态出现。因为他把大地的根扎得太深，所以，多年的风风雨雨不但没有磨蚀掉他与生俱来的美好天性，反而使他的精神追求在希望与失望、理想与幻灭交织的现实中得以强化。希望"望穿时空，跋山涉水在摇曳中归来"，却宁愿"在层林尽染里飞翔"，自由飞动，用一颗真挚的心守望着大地，坚持生命的呐喊。因此，才有了这样震撼人心的诗句：

这秋天的魂魄　四散的血脉

在一个季节的接口处

因为秋风　与我相逢

爱情也是心灵故乡的见证。在呐喊的同时，诗人化抽象为具体，写出了不少令人感动的爱情诗。如《一朵浪花浮出水面》，用夸张的手法，将藏于内心的"思念和爱"化为可触可感的"一朵浪花"，将形之于外的"美好的事物"，化为"牵着浪花的手赴一场约会"。相思由爱而美，如"在心情高处种植了芬芳"。"一朵浪花浮出水面，从此映照了四季的天空"，既写了联想的进程，又写了感情的递增，其言简而意深，其情真而意浓，道出了欲道未道的相思和憧憬。

心灵故乡的多元组成来自于永强诗歌题材和角色的多元性。从他的诗中可以看出，诗人有多重角色，如农民的儿子、诗人、漂泊者和城市生活的回望者。多重角色的切换组成了丰富多彩的诗歌乐章，向人们展示了一颗在乡村与城市边缘之间呐喊歌唱的灵魂，其作品也因之而诗意盎然。从这个角度来说，他的诗反映了城市文明与农村文明的冲突与碰撞，反映了梦想与现实冲突的焦灼与平衡的过程。寻根的迷惑过后，他以沉稳而又热情自信的笔触展现了自己对精神世界的执着追求，展现了对美好事物的向往。如《这个夏天火热的生活》：

火热是一种节气

也是一种气节

地上煮熟鸡蛋

暴风雨来到家门

火热是一种预报

也是一种报应

该来的总会来

一会儿火烧眉毛

一会儿雷雨交加

这首诗看似平淡，实则匠心独运，词语幽默简洁，变幻有序，言浅意深。这种无痕而快速地利用象征进行跳接，大大地增强了诗的含蓄性和凝炼度，为作品带来了浓郁的诗意和悠远的想象空间。

尤其让我感动的还有他作品中充满的那份真情，那是心灵故乡的灵魂所在。诗人的真情与故乡的景物一经激烈的碰撞，便能产生感人的诗歌。读他的诗，我能感觉其字里行间充盈着一股温暖而强大的情感气流，让人无法回避，让人经受情感的冲击。比如在《崇拜一座山》里，诗人从"我箭直冲进山"开始，到想起父亲的教诲"山外有山"，引出对父亲的怀念和愧疚，自然真挚，感人至深。诗人是倾注深情去"崇拜一座山"的！因此，从他笔下流淌出来的诗歌都有让人感动的热度与温度。他让自己的热去碰撞每一个意象，碰撞出诗人情感的熔浆和生命的火花，让自己心灵的故乡温润而又璀璨。

　　山外有山

　　对照父亲的教导

　　我愧疚不堪　心情沉痛

　　我寡言少语　不再说话

　　直接就"扑通"跪下

　　跪累了又躺倒

　　睡在山的腰中间

　　永强之所以能在诗人多重角色转换及生命意识的文字实验中发出心灵故乡的深沉呐喊，我认为还有一个重要原因就是他坚持现实主义的姿态写作。他没有去追求所谓时髦的"后现代主义"和标新立异，而以平和的心情实事求是地评价生活与自我，构筑实实在在的意象，在力所能及的诗意创造中以多元化取胜，以真情打动读者，以谦逊的态度审慎地创作诗歌。如《我驻扎在一首诗的中央》：

　　乐观的句子成为绝好的四梁八柱

　　簇拥着的花朵　环环相扣

　　亲人一起居住　相互照应

用一炷香的工夫怀念父亲

一日三餐供饭烧纸

安顿好慈眉善目的母亲

赞美妻子　鼓励孩子

生起柴火　唱起古老的山歌

这首诗的语言是朴素的、纯净的，具有一种"天然去雕饰"的自然美。然而，其比喻又很精巧，给人以新奇感，具有平中见奇、简中显深的特点。可见，朴实中见精妙也是他诗的底色，真实和朴素是诗的生命，唯其如此，他的诗才具有宽广深沉的内涵与温暖强烈的艺术张力。

诗人夏树人强调指出，永强在心灵故乡发出的深沉呐喊，既真切自然，又发人深省，不由不引起我们对人生对余生的拷问与打量。今年，树人先生邀请永强返回母校，岳麓山延承南岳七十二峰，层林深处，是心灵故乡最好的栖息地，而嘹亮的召唤与深沉的呐喊，余音震荡，千年学府弦歌萦绕，定当引人入胜，成就更加美妙的诗篇和灿烂的时光。

永强从心灵故乡发出的深沉呐喊，使我们深刻认识到人生过程的苍劲、悲悯和归宿所在。这些不管是如陶渊明般悠远还是如鲁迅般激扬的文字，都在时间的脚步声中，为我们的出世脱俗铺平了道路。往前走，正是心灵故乡。

2020年11月1日

朱建业：著名诗人，诗评家，中国诗歌学会会员。作品入选《中国百年新诗精选》和《中国当代诗歌赏读》，著有诗集《月韵》《风灯》。

跋

吾谁与归

　　范仲淹先生有千古之问"吾谁与归"，我有过相同的困惑。心灵归向何方？与谁一同归去？这是一段时间以来我常常思虑的问题。

　　曾经，我就此多次问询永强，他哲学家一般的回答话里有话："家在心灵故乡。"末了，他还会声情并茂地唱起那首被他改动过歌词的《大约在冬季》：你问我何时归故里，我想大约会是在冬季……那一刻席间掌声雷动，在酒精的燃烧下，大家都感受到他的真性情。我注意在场所有人的神态，似乎都认定永强醉了，他关于返回故乡的表达不过是酒后的随性出演，不可当真，酒醒后终将归零。只有我明白，永强不但没醉，反而异常清醒。

　　果然，在2019年冬季，他如期而归，怀揣百余首美妙诗篇，脚迈沉稳步伐，在"星斗和萤火虫爬满天空"的夜里，敲开了"故乡的柴门"。

永强回归的故乡，在心灵深处。现实的故事在我们之间已经贯穿了二十年，主题萦绕在心灵故乡周围。而今千古悠思和深沉现实再一次把我们紧密相连，在岳麓山下望云卷云舒，在爱晚亭前看花开花谢，在湘江岸边观浪落浪升。在冬季回归，永强让我确信："没有哪一个春天不曾到来！"从何处来？到何处去？为何归来？与谁同归？答案已经逼真地昭示在天地之间，让我为之注目且心生敬意。家在心灵故乡，一张行进人生的问答卷，一个清醒归人的路线图！从故乡出发，从异乡归来。永强诗歌中的万千意象已经集结，我看到石桥沧桑雄浑、四脚山伟岸朴实、群英河流韵传芳，心灵故乡无限壮美！永强从这里出发，永强从远方归来。他历经的风景、人与事，包括这弦歌不绝的麓山湘水，都已成就心灵故乡博大雄浑、辽阔无垠的版图。而这其中的内在逻辑与必然规律，只为清醒、智慧、纯粹、高尚的心灵所拥有。

我正是在这样的认知与判断里重新发现永强，主动贴近他悦耳的诗篇，积极进入他心灵的归程。我深知，这些心灵通道上的豪放诗歌，一定"骑在太阳之上"，永远普照无愧于人生与时代的最美故乡！看懂、悟透、放下，心灵遇见最好的归来，更好的出发就在故乡！在冬去春来的节气口转过身，永强激扬的哲思弥漫长空。我与他惺惺相惜，感到自己在沉思中得以塑造，对未来与人生信念倍添，内心里的"千年困惑"已荡然无存。

我决心成为那个"微斯人"。

"吾谁与归？"

"永强！"

2020年12月16日，写于岳麓山中

夏树人：当代实力派诗人，现任湖南大学工商管理学院党委书记。